말 더더더듬는
사람

말 더더더듬는 사람

겉모습으로는
알 수 없는
그 사람의 고유한
이야기가 있다

정두현
산문집

어떤 책

일러두기

· 이 책에 수록된 인터뷰 글은 SNS 기반의 인터뷰 콘텐츠 팀 휴먼스오브서울에서 저자가 진행한 인터뷰의 일부입니다(114쪽, 196쪽 인터뷰 제외). 최대한 원문 그대로 수록했으며 이 책의 교정 방침과 다른 경우는 일부 수정했습니다.

· 이 책에서 '말더듬이'는 말을 자주 더듬는 사람, 말더듬증을 앓는 사람이라는 뜻으로, 저자는 자신의 정체성을 표현하기 위해 이 단어를 사용하고 있습니다.

겉으로 드러나는 특징 때문에
쉽게 규정되는 모든 사람에게

귀를 기울이며

무방비 상태로 길을 걷고 있는 당신에게 누군가가 다가온다. 당신이 전혀 모르는 사람이다. 시선을 돌리며 못 본 척해 보지만 그는 기어코 당신을 막아선다.

"시간 좀 내주실 수 있을까요?"

누구라도 거부감이 들 것이다. 순수한 의도로 말을 걸었을 리 없다. 시간을 뺏기는 것도 싫고 귀찮은 일에 휘말릴까 겁도 난다. 피하고 싶은 그 마음을 나도 이해한다. 문제는 시간을 내 달라고 요청하는 쪽이 바로 나라는 점이다.

지난 10년간 내가 휴먼스오브서울(Humans of Seoul)에서 해 온 일이 그랬다. 휴먼스오브서울은 길거리 인터뷰 팀이다. 이 팀의 인터뷰어로서 나는 길에서 만난 낯선 사람에게 말을 걸었다. 짧게는 10분, 길게는 30분 넘게 인터뷰를 했다. 이런 방식의 인터뷰에 누가 응해 줄까 싶겠지만 휴먼스오브서울은 지금까지 1,600여 편의 길거리 인터뷰를 발행했다. 인터뷰 한 편에 달리는 '좋아요' 수가 많게는 수천 개에 이르며 SNS 팔로워 수는 15만 명 가까이 된다.

길거리 인터뷰어로서 거리에 나설 때면 수많은 행인 중에 인터뷰를 요청할 사람을 고른다. 말을 걸기 직전까지 이런저런 판단을 한다. '저 사람은 인터뷰에 응해 줄 것 같지 않은데' '저 사람은 진중한 얘기를 해 줄 것 같아' '저 사람 얘기는 특별할 것 같지가 않네'……. 그런 예측은 매번 빗나간다. 평범해 보이던 사람이 입이 다물어지지 않는 이야기를 들려주기도 하고 칼같이 거절할 것 같던 사람이 흔쾌히 인터뷰 요청을 수락하기도 한다.
일단 인터뷰가 시작되면 그 사람이 내가 겉모습으로 판단했던 것과 전혀 다른 사람이라는 걸 알게 된다. 그게 나는 재밌다. 예상이 빗나갈수록 짜릿하다. 세상에 뻔한

건 없고 내일은 오늘과 완전히 다른 이야기가 펼쳐질 거란
기대까지 든다.

　　10대의 내 속엔 불만과 억울함, 슬픔, 무력감 같은
게 있었다. 말을 더듬었기 때문이다. 정확히는 세상이
'말더듬이'라는 짧은 단어 하나로 나를 판단하는 것
같았기 때문이다. 말 더듬은 말을 시작하는 순간 들통나
버리는 특징이다. 전화를 받을 때도, 커피를 주문할 때도,
수업 시간에 발표할 때도 사람들은 내가 말을 더듬는다는
걸 금세 알아차린다. 순식간에 내 이름과 취향, 가치관,
성격은 사라지고 '말 더듬' 하나만 남는다.
　　나처럼 한눈에 드러나는 특징을 가진 사람은 적지
않다. 휠체어를 탄 사람, 얼굴에 큰 상처가 있는 사람,
수어를 하는 사람…… 그들도 나와 비슷한 기분을 느낄
거라고 생각한다. 이런 특징은 결코 배경으로 머물지
않으니까 말이다. 전면에 세워진 커다란 표지판처럼 그
사람의 모든 것을 가린다.
　　'말 더듬는 사람'이란 정의는 전혀 좋은 느낌도
아니며 멋도 없다. 말을 잘 못하는 사람은 모든 걸 못하는
사람과 거의 똑같이 여겨진다. 어릴 땐 날 무능한 사람이라
넘겨짚는 사람들이 미웠지만, 내가 할 수 있는 건 없었다.

정말이지 아무것도 없다고 생각했다.

길거리 인터뷰를 하는 시간이 쌓이면서 내 생각도
달라졌다. 길거리에서 만난 사람들의 이야기를 듣다 보면
자연스럽게 알 수 있었다. 외모, 장애, 소유한 물건, 학교,
직장이 말해 주는 건 그 사람의 일부일 뿐임을. 한눈에 다
알겠다고 판단하면 만날 수 없는 소중한 것들이 많았다.
큰 흉터에 가려진 아름다운 눈동자, 허름한 옷차림에
감춰진 감동 스토리 같은 것들 말이다. 사람들은 저마다의
고유함으로 빛났다. 그렇다면 말 더듬도 나의 일부일
뿐이지 않을까? 인터뷰를 할수록 내게 귀 기울여 주는
사람이 있다면, 내 이야기를 더 많이 들려줄 수 있다면
사람들이 나를 그저 말더듬이라고만 정의 내릴 수는 없을
거라는 생각이 조금씩 자라났다. 그럴수록 말 더듬 뒤에
가려져 있던 나의 수다스러움이 고개를 들었다.

이 책은 말 더듬과 수다스러움이 맞붙는 전투를
수없이 치르며 살아온 나의 분투기다. 겉으로 드러나는
어떤 특징 때문에 쉽게 규정되는 사람들의 이야기이기도
하다.
또한 이 책은 독자 여러분을 향한 하나의 질문이다.

어떤 자세로 타인을 대할 것인가, 하는. 더 많은 사람들이
타인의 이야기에 귀 기울였으면 좋겠다. 겉모습만으로는
알 수 없는 무언가가 타인에게 있다고 믿어 보는 마음을
가졌으면 좋겠다. 10년 차 길거리 인터뷰어로서 확신할
수 있는 한 가지는, 그런 선택을 하면 세상이 좀 더 따뜻해
보일 거라는 점이다.

차례

1장

콜드브루 대신
아메리카노를
마시는 사정

아······ 안······
안녕하세요······

머릿속엔 완성된 문장이 있는데 입 밖으로는 한 음절도 안 나올 때가 있다. 그럴 때 나는 몸을 꼬거나 혀를 내밀거나 발을 땅에 찧는다. 그럼 겨우겨우 한 마디가 나온다. 한 마디를 꺼내는 데 성공하면 말이 청산유수로 나오기도 한다. 하지만 그것도 잠시, 어느 지점에서 또 말이 막힌다. 나는 다시 몸을 꼰다.

아무리 애써도 말이 안 나오는 것, 이런 현상을 '말 막힘' 혹은 '말 더듬'이라고 부른다. 말을 아예 꺼내지 못하는 건 말 막힘에 가깝고 말 더듬은 특정 음절을 반복하는 증상을 뜻하는데 통틀어 '말 더듬'이라고 부르는 경우가 많다.

누구나 말이 막히거나 말을 더듬거릴 때가 있지만
이런 문제를 거의 항상 겪는 사람들이 있다. 그런 사람을
'말더듬이'라고 부른다. 나는 말더듬이고 증상이 심한
편이다.

말더듬이를 실제로 만나 본 적 있는지?
"안녕하세요"를 말하는데 '안'이 안 나와 5초는 기다려야
한다. 대충 이런 식이다. " 아   아아   아   안,
안– 아안녕하세요." 말하는 사람도 힘들고 듣는 상대도
힘들다. 상대는 십중팔구 난감한 표정을 짓는데 그걸 마주
봐야 하는 나는 더 난감해진다.

세상에는 말을 더듬는 사람들이 꽤 있다는데 나는
나만큼 말 더듬는 사람을 본 적이 없다. 교실에서도,
동아리방에서도, 군대 생활관에서도, 회사에서도
말더듬이는 나뿐이었다. 내가 사는 세상에서는 내가
유일한 말더듬이인 것처럼 느껴진다.

말 더듬이 언제 튀어나올지는 예상할 수 없다. 혼자
되뇔 때는 술술 나오던 말이 남 앞에서는 목구멍을 채
넘지 못하고 막히곤 한다. 언어치료 클리닉에서는 이럴 때
복부에 힘을 주고 허리를 꼿꼿이 세운 다음 천천히 말해
보라고 하는데, 좀처럼 쉽지 않다.

턱 끝까지 차오르던 말이 무심히 막히면 눈앞이 깜깜해지고, 나를 의아하게 보는 시선이 따갑게 느껴지고, 아무 생각도 나지 않는다. 이때부터는 오로지 말 더듬을 멈추는 데만 집중하게 된다. 그러다 겨우 말이 나오면 원래 하려던 말을 그냥 관둔다. 상대에게 양해를 구하는 게 먼저라는 생각이 들어서다.

"ㅈ   젤 제, 제, 제가 말이 안 나올 때가 있어서요."

그러면 상대방이 괜찮다고 말한다. 나는 찰나의 안도를 느끼지만 이내 다시 초조해진다. 이해해 달라는 말을 하고 나면 대화의 흐름이 끊겨 있기 때문이다. 흐름을 끊은 장본인인 내게는 민망함과 부끄러움과 미안함이 찾아온다. 몸에 열이 차올라 추운 겨울에도 이마에 땀이 맺힌다. 하려던 말은 안중에서 떠난 지 오래. 그 자리에서 벗어나고 싶은 무책임한 마음만 커져 결국 대화를 어영부영 마무리 지어 버린다.

나의 말 더듬은 열 살 때 시작돼 20년 넘게 계속되고 있다. 그 세월 동안 어떤 소득도 없이 내가 말을 더듬는다는 것, 조금의 긴 대화도 이어 가기 어려워하는 사람이라는 것, 쉽게 당황하는 사람이라는 것만 상대에게 들키고 끝나는 대화가 차곡차곡 쌓였다. 절대 그러고 싶지 않은 자리에서 너무 심하게 더듬어 버린 적도 많았다. 반 아이들이 지켜보는 발표 자리, 좋아하는 아이 곁, 얕보이고 싶지 않은 싫은 사람 앞……. 그런 순간을 겪고 나면 집으로 돌아가는 길에 온갖 생각에 사로잡혔다. 말더듬는 나를 보고 어떤 생각을 했을까. 겉으론 이해해 주는 척하지만 속으론 비웃고 있을지도 모른다. 나를 무능한 사람으로 보려나. 최소한 믿음직스럽다곤 생각하지 않을 것이다. 좋게 봐 주는 건 바라지도 않는다. 나를 너무 무시하지만 않으면 좋겠는데…….

그러나 이 지독한 말 더듬도 어떤 본성은 막지 못하는 것 같다. 말을 더듬는 와중에도 수다스러운 면모가 종종 튀어나오는 걸 보면 말이다. 어쩌면 말을 더듬기 전부터 있었던 모습일 것이다. 말 더듬 때문에 수없이 낙담했고 성격이나 성향도 많은 부분 바뀌었지만, 말을 더듬을 거란 걸 알면서도, 창피당할 줄 짐작하면서도 말을 꼭 하고 싶은 순간이 내 삶에는 많았다. 나선 걸 후회한 적도 있었지만 그렇게 나섰기 때문에 얻게 된 친분이나 기회, 기분 좋은 순간도 많았다.

언젠가 서점에서 도입부에 이런 문장이 있는 책을 본

적이 있다.

말더듬이는 자신의 이름을 말할 수 없고, 가게에서
주문할 수 없고, 대화를 끝맺을 수 없고, 인사를 할 수
없고, 전화를 걸 수 없다.

속으로 생각했다. 못 하는 건 아닌데, 좀 어려울 뿐 할
수는 있는데.

조소나 집단 괴롭힘의 대상이 되기도 한다. 사회를
살아가는 데 있어 큰 고통을 느끼는 것이다. 불행하며
도태되는 경우도 흔하다.

여기까지 읽고 발끈한 나머지 책을 꽝 닫아 버렸다.
나는 불행하지 않다. 고통이 있지만 그만큼의
즐거움도 있다. 도태됐다고 생각하지 않는다. 말을
더듬기에 눈에 띄는 사람이지만 그 덕분에 오히려 나만의
길을 민들어 가고 있다고 믿는다.
물론 말 더듬는 사람의 삶은 어렵다. 하지만 말
더듬만으로 그의 삶을 설명할 수는 없다. '말더듬이'는
분명 나를 표현할 수 있는 단어지만 나의 일부만 겨우

설명할 뿐이다. 다른 말더듬이도 마찬가지다. 말을 더듬는
사람 100명이 있으면 100가지의 이야기가 있다.

　누구나 그렇듯 내 인생에도 많은 일이 있었다. 문장 몇
개로는 설명할 수 없는 이야기들이다. 웃음이 나는 이야기,
눈물 맺히는 이야기, 모순된 이야기, 지루한 이야기……
정말이지 넘쳐난다. 그중 가장 먼저 꺼내고 싶은 이야기는
나의 형에 관한 것이다.

(하늘로 떠난
나의 천사)

형을 떠올리면 온통 동경스러운 마음뿐이다. 형은 못하는 게 없었다. 공부를 잘해서 시험을 보면 전교 석차로 등수를 말했다. 글을 잘 써서 백일장에 나가면 이번엔 무슨 상을 받을지 기대했다. 끼가 많아서 일반인 가요제에 나가 1등을 한 적도 있다. 형은 무엇이든 잘했고 상냥하기까지 했다. 사람들은 형을 좋아했다.

언젠가 시험 기간일 때 형이 컴퓨터에 있는 게임을 모두 지웠다. 공부에 집중하기 위해서라고 했다. 나는 형 때문에 나까지 게임을 못 하게 되는 게 억울해서 울었다. 나보다 다섯 살 많았지만 그래 봤자 열네 살이던 형은 나를 앉혀 두고 말했다. "두현아, 형은 꼭 꿈을 이루고 싶어.

그러려면 지금 열심히 해야 해. 이해해 줄 수 있지?" 그런 말을 들으면 어쩐지 스스로 고집을 꺾고 싶어졌다.

공부방 창문 앞에는 두 개의 책상이 나란히 놓여 있었다. 왼쪽이 형의 책상, 오른쪽이 내 책상이었다. 늦은 밤 형이 허리를 꼿꼿이 편 자세로 책상 앞에 앉으면 나도 옆자리에 앉아 책을 폈다. 형 옆에 있으면 스탠드의 형광빛이 아늑하게 느껴졌다.

형이 그토록 이루고 싶어 한 꿈은 아프리카로 의료 봉사를 떠나는 거였다. 의사라는 직업보다는 어려운 사람을 돕는 일에 확고한 뜻이 있었다. 이 목표를 어떤 계획에 따라 이룰 것인지 중학생 형이 말하면 다들 감탄하며 들었다. 나도 그랬다. 형은 분명 꿈을 이루겠구나, 세상을 더 나은 곳으로 바꿀 사람이 되겠구나, 하고 생각했다.

한번은 놀이터에서 동네 아이에게 괴롭힘을 당한 내가 울면서 집에 왔다. 자초지종을 들은 형은 나를 괴롭힌 아이의 인상착의를 묻고는 밖으로 나가더니 그 애를 내 앞으로 데려왔다. 그 아이가 내게 사과했다. '남자애가 한번쯤 싸울 수 있지' 하고 넘길 수도 있었을 텐데, 형은 내게 어떤 상처도 남지 않기를 바랐던 것 같다. 내가 시련에 부딪히려 할 때마다 등장해 상처가 아닌 사랑을 심어 주었으니까.

형은 내 자랑이었다. 형이 백일장에서 상장을 받거나 시험에서 좋은 성적을 받으면 그 소식을 여기저기 전하느라 바빴다. 형이 자랑스러운 존재라는 사실이 내게는 견고한 자신감과 자부심이 됐다. 형은 틀림없이 훌륭한 사람이 될 거라고 믿었기에 그의 동생인 나도 좋은 사람이 될 거라는 기대가 있었다. 희망찬 미래는 내게 쉽게 흔들리지 않을 안정감을 줬다. 거대하고 무게감 있는 선박을 타고 거친 바다를 유유히 헤쳐 나가듯 유년 시절을 살았다.

내가 열 살이고 형이 열다섯 살 때였다. 형이 시험에서 목표하던 등수를 이루자 부모님은 형이 그토록 갖고 싶어 했던 드럼 세트를 사 줬다. 나도 덩달아 기뻤다. 다른 집에서는 보기 힘든 드럼 세트가 우리 집에 있다는 사실이 우리 가족의 특별함을 보여 주는 것 같았다. 드럼 스틱으로 심벌을 치면 찬란한 소리가 방에 울려 퍼졌다. 그 소리처럼 우리 가족의 앞날도 찬란할 거라고 믿었다. 형은 나중에 드럼 실력이 늘면 연주하고 싶은 곡들을 꼽으며 웃었다. 머지않은 미래에 드럼 위에서 날아다니는 형의 모습을 보게 될 것이라고 생각했다.

드럼 연습을 3개월도 채 하지 못한 1999년 12월, 형은
세상을 떠났다. 누구도 상상하지 못한 사고였다. 잠에
들기 직전이었는데 문밖에서 비명 소리가 들렸다. 꿈인지
현실인지 구분하지 못하고 혼란스러워하다 잠에 들었다.
날이 밝아 문밖으로 나갔더니 온 친척이 집에 와 있었다.
버거울 만큼 차갑고 무거운 공기가 거실을 누르고 있었다.
우물쭈물 등교 준비를 하려는데 아빠가 당분간 학교에
가지 않아도 된다고 했다. 엄마가 내 손을 잡고 무슨 일이
일어났는지 차근차근 설명했다. 짧은 몇 마디 사이사이
심호흡을 하면서.

　"형이 먼저 하늘나라로 갔어."

　엄마는 형이 잠시 떠났을 뿐 곧 다시 만날 수 있다고
얘기했지만 알 수 있었다. 다시는 형을 보지 못하는구나.

　세상이 뒤집혔다. 누구보다 강해 보였던 어른들이
무너지는 모습을 봤다. 장례식장을 뒤덮은 울음소리,
바닥에 주저앉은 엄마, 내 앞에서 처음으로 운 아빠,
어린아이처럼 눈물을 흘리며 나를 다독이던 할아버지,
모든 걸 잃은 듯 넋 놓고 앉은 할머니.

　어린 나는 세상을 삼켜 버린 슬픔을 마주하기가
버거웠다. 더 이상은 장례식장에 못 있겠다고 떼를 썼다.
발인 때 내가 형의 영정사진을 들어야 한다는 아빠의

말도 듣지 않고 고집을 부렸다. 결국 남은 장례 기간 동안 부산에 있는 외삼촌 댁에 가 있기로 했다. 부산으로 가는 열차 안에서 옆자리 외숙모가 훌쩍거리는 소리가 들렸다. 형과 많은 시간 어울려 자란 부산의 사촌 형과 누나는 뒤늦게야 소식을 듣고 놀라 아무 말도 못 했다.

　　부산에 머무는 동안 필사적으로 아무렇지 않은 것처럼 행동했다. 그래야 우리 가족에게 있었던 따뜻함과 안정감을 지킬 수 있을 것 같았다. 하지만 장례식이 끝나고 서울로 돌아오고 나서도 어른들의 슬픈 표정은 그대로였다. 내게 익숙했던 따뜻함이 사라질 것 같았다. 무서웠다.

　　몇 개월 뒤 우리 가족은 큰고모가 있는 미국 뉴욕으로 여행을 갔다. 맨해튼의 고층 빌딩과 뮤지컬 〈캣츠〉 공연은 슬픔을 잊게 해 줬다. 그러나 아주 잠시였을 뿐이다. 돌아오는 비행기 안에서 엄마는 담요를 뒤집어쓰고 흐느꼈다. 왼쪽 자리에 앉은 엄마가 우는 걸 알아채고 오른쪽 자리에 앉은 아빠를 바라보았다. 아빠가 말없이 고개를 약간 숙였다.

　　나는 다시 학교에 나가기 시작했다. 나를 둘러싼 공기가 어딘가 바뀌었음을 느낄 수 있었다. 나는 공부도

곧잘 하고 운동도 좀 하고 친구도 많은 학생이었다. 가슴 아픈 사고를 겪었다고 해서 불쌍한 사람이 되기는 싫었다. 아무 일도 없는 듯 일상으로 돌아가려고 애썼다.

그해 여름, 학원을 마치고 친한 친구와 집에 오는 길이었다. 친구와 나는 둘 다 축구를 좋아했는데 얼마 전 친구의 형이 승부차기에서 실축한 얘기가 나왔다. 내가 농담 삼아 친구에게 말했다. "너도 형 닮아서 페널티킥 못 넣는 거 아냐?" 그 말이 친구의 신경을 건드렸나 보다. 친구가 되받아쳤다. "그럼 너도 형 닮아서 죽겠네."

처참해진 마음으로 집에 돌아왔는데 형이 없었다. 전에는 이런 상태로 집에 오면 형이 다가와서 자초지종을 먼저 물어보고 조언이든 해결이든 해 줬는데, 이제는 물어보는 사람이 없었다. 땅에 떨어진 내 기분은 다시 올라올 방법을 잃어버렸다.

그때 처음 느꼈다. 형이 세상을 떠났다는 건 내 삶에 언제까지고 있으리라고 믿었던 위로, 조언, 가르침이 사라졌다는 의미임을. 큰 배를 타고 물살을 헤쳐 나가던 내 인생이 앞으로는 전보다 자주 흔들리게 될 거라는 뜻임을. 아무리 애써도 영영 되돌릴 수 없는 무언가를 잃어버렸다는 사실을 희미하게 알았다.

그즈음부터 말을 더듬기 시작했다. 처음에는 긴장해서 말 더듬이 조금씩 튀어나오는 정도인 줄 알았는데, 갈수록 말이 막혀 아예 나오지 않는 순간이 많아졌다. 한참 심해지고 나서야 찾은 병원에서는 형을 잃은 충격에 말 더듬이 시작됐을 거라고 진단했다. 어린 나이에 그런 사건을 아무 일 없이 받아들이기는 어려운 거라며.

병원에 다녀온 이후 밤마다 펜을 입에 물고 발음 연습을 했다. 휴지로 펜에 묻은 침을 닦고 잠자리에 누우면 이런저런 생각이 났다.

형이 가요제 본선에 나가던 날 다섯 살이던 나는 과천 할머니 댁에 맡겨졌다. 서울랜드에서 열린 가요제에는 700팀이 넘게 참가했다고 했다. 밤 11시가 넘은 시각, 온 가족이 할머니 집 문을 열며 외쳤다.

"대상이다, 대상!"

육각수의 〈흥보가 기가 막혀〉를 부른 참가번호 1번 정세현이 대상을 받았다. 생생히 기억나는 여름날 밤, 우리 가족은 세상에서 가장 멋진 팀이었다. 그 밤의 더운 공기와 어디선가 풍겨 오던 풀내음, 그리고 우리 가족의 웃음이 한동안 베개에 머리를 누일 때마다 떠올랐다.

형의 드럼에는 먼지가 쌓여 갔다. 가끔 두드려 보면 힘

빠진 소리가 났다. 더 이상 형은 없었지만 집에는 여전히 형이 쓴 시와 수필이 걸려 있었다. 그 옆에는 전교 부회장 자격으로 선서를 하고 있는 형의 사진도 있었다.

형이 세상을 떠났을 때 사람들이 입을 모아 말했다.

"하늘에서 천사가 부족했나 봐."

맞다. 형은 곁에서 나를 지켜 주던 수호천사였다. 이제 나는 그를 잃은 허전함을 안고 살아가야 했다. 바퀴가 하나 빠진 네발자전거처럼 휘청이면서.

달콤씁쓸한 너그러움

말 더듬은 숨길 수가 없다. 어려운 질문을 한 게 아닌데, 그저 나이나 사는 곳을 물어봤는데 대답을 못 하고 낑낑대는 나를 보며 사람들은 금세 알아챈다. 내가 말하는 데 문제가 있는 사람이라는 걸.

예전에 TV 예능 프로그램에 많이 나온 '종이 떼기 게임'이라고, 얼굴에 붙은 포스트잇을 손을 쓰지 않고 최대한 많이 떼어 내야 이기는 게임이 있다. 손을 대면 안 되기 때문에 침가자는 얼굴을 일부러 찌그렸나 폈다 한다. 일그러지는 얼굴이 이 게임의 묘미고 웃음을 유발하는 요소다.

게임을 하는 연예인의 얼굴은 말 더듬을 뚫어 내고

말을 꺼내려는 내 얼굴과 꼭 닮았다. 몸을 비틀고 얼굴을 찌푸리면 안 나오던 말이 나오기도 하기 때문에 표정을 찡그렸다 풀었다 한다. 정확히는 입을 뗐는데 말이 나오지 않으면 표정이나 몸을 쥐어짜지 않을 수 없게 된다. 왜 그런지 모르겠지만 그 순간에는 멈추고 싶어도 멈출 수가 없다. 급류에 휩쓸려 몇 미터를 그냥 떠내려가 버리는 사람처럼 나도 모르게 얼굴이 일그러진다.

당연하게도 늘 사람들 앞에서 발표하는 상황을 피하려고 애썼다. 위기가 찾아오면 어떻게든 핑계를 찾았다. 누가 하라고 하기 전에 선수를 치기도 했다("저에겐 시키지 말아 주세요"). 하지만 도저히 피할 수 없는 순간이 잘도 찾아왔다.

중학생 때 모르는 사람들 앞에 서서 3분 정도 발표를 해야 하는 날이 있었다. 별 내용도 아니었건만 발표 이틀 전부터 잠을 못 잤다. 할 말을 달달 외웠다. 얼마나 떨렸는지 발표 전에 시뮬레이션을 하는 것조차 부담스러웠다. 모두가 나를 바라보고 있는 상황에서 입을 떼야 하다니, 그보다 어려운 일은 없었다.

시작은 나쁘지 않았던 걸로 기억한다. 머릿속에 저장돼 있는 원고의 세 번째 문단까지는 문제가 없었는데 네 번째 문단을 시작하려는 순간 말이 막혔다. 작은 강당

앞 낮은 교단일 뿐이었지만 갑자기 거대한 무대에 홀로 스포트라이트를 받으며 서 있는, 대사를 까먹은 배우가 된 기분을 느꼈다. 말이 막혀 공간이 침묵에 잠기자 의아해하는 사람들의 표정이 곳곳에서 보였다. 아니 눈앞이 사실상 보이지 않았으니, 곳곳에서 '느껴졌다'는 게 더 맞는 표현이겠다.

나 때문에 시작된 침묵이었다. 견디기 어려운 침묵이 길어지는데 말이 도저히 안 나오니 눈앞이 캄캄했다. 어떻게든 말을 꺼내고자 얼굴을 비틀기 시작했다. 급한 마음만큼 말 더듬은 더 심해졌다. "드드   드   드드   드 드뤼고 싶었던 말씀은⋯⋯" 마이크로 증폭된 목소리가 말더듬이가 내는 특유의 파열음을 두드러지게 만들었다. 우스꽝스러운 소리가 강당을 울렸다. 순간 사람들 사이에서 작은 웃음이 터져 나왔다.

한쪽에서 터지자 웃음은 온 공간으로 번졌다. 나도 말을 꺼내려는 노력을 멈췄다. 온몸에 열이 올라 이마에 땀이 맺혔다. 오직 그 침묵을, 그 상황을 빠르게 넘기고만 싶었다. 뭐가 되든 다음 단계로, 그게 더 큰 조소일지라도, 넘어가고 싶었다. 그래야 이 상황이 끝날 테니까.

그런 일을 겪은 날에는 잠이 안 왔다. 사람들이 나를

얼마나 한심하게 볼지 상상하기 시작하면 그 나래는 끝도
없이 뻗어 나갔다. 별로 높지도 않은 자존감이 또 한 번
꺾였다. 그런 순간을 마주할 때마다 내 마음속의 어떤
기둥이 하나씩 무너졌다. 받치던 기둥이 하나 없어진
마음은 비틀댈 수밖에 없었다.

다행인 건 언제나 무너진 내 마음을 헤아려 주는
사람이 있었다는 것이다. 말 더듬은 숨길 수 없는 것이어서
특별히 노력을 기울이지 않아도 나를 알아보고 배려해
주려는 사람들이 여기저기 있었다. 내가 없는 자리에서
동기들에게 "두현이가 말을 좀 더듬으니까 우리가 잘
도와주자" 말해 준 선배, 말이 막힐 때마다 "천천히,
천천히"라며 페이스를 조절할 수 있도록 챙겨 준 친구,
내가 말 더듬는 모습에 웃음을 터뜨린 아이에게 "웃지
마"라며 다그쳐 준 친구, "어떻게 하면 내가 널 도울 수
있겠니?" 묻던 선생님, 아무리 얼굴을 찌푸리고 몸을
비틀어도 진지한 표정으로 잠자코 내 말을 들어 주던
사람들.

나는 일상 곳곳에서 만나는 그런 너그러움을
좋아했다. 말 더듬는 나를 이해해 주고 기다려 주고
괜찮다고 말해 주는 상대와 함께 있으면 안정을 찾을 수
있었다.

되도록 많은 사람이 나를 너그럽게 봐 주길 바랐다. 이를 위해 내가 취한 전략은 안타까운 모습을 최대한으로 보이는 것이었다. 발표자를 정해야 하는 상황이 오면 나를 우스꽝스럽게 보건 말건 말 더듬을 더 내보였다. 사람들 대부분은 그런 나를 보고 당황했고, 발표자 후보에서 날 제외해 줬다. 그게 동정이었든 아니었든 나는 상관없었다.

가끔 엄격한 사람을 만나기도 했다. 말 더듬과 상관없이 할 일은 해야 한다고 말하는 사람 말이다. 대개 엄격한 사람의 말은 틀린 데가 없었다. 그렇게 피하기만 해서는 결코 나아질 수 없다는 말은 늘 피하기만 하는 나의 정곡을 찔렀다. 하지만 계속 피하고 싶었다. 친구들이랑 게임하고 노는 건 좋았지만 무언가를 책임지긴 싫었다. 조별 과제에서 자료 조사를 하는 건 쉬웠지만 발표를 맡는 건 죽기보다 어려웠다. 매번 묻어가고 싶었다.

마땅히 해야 할 일을 안 해도 눈감아 주는 자리만 찾아다녔다. 엄격함이 나를 시험 무대로 끌고 나오려고 하면 필요 이상으로 몸을 뒤로 뺐다. 필사적으로 어른이 되기를 거부했다.

대학생 때 이야기다. 구성원이 돌아가며 발표를 해야

하는 조별 과제가 있었다. 이런 게 제일 피하기 어려운 상황이었다. 수업을 듣는 40여 명의 학생 모두가 발표를 하는 방식이므로 나만 예외가 될 순 없었다. 그런 생각에 무거워진 마음으로 우리 조의 발표자 계획을 봤다. 그런데 기적처럼 내 이름이 빠져 있는 게 아닌가. 가벼워진 발걸음으로 강의실을 나서는데 말소리가 들렸다. 내가 뒤에 있는 걸 몰랐는지 조원들이 서슴없이 말했다.

"정두현은 왜 발표 안 해요?"

"걔 말 더듬잖아."

못 들은 척 지나쳤다. 다들 하는 발표를 나만 안 하는 이유를 그렇게 한마디로 설명할 수 있다니.

운 좋게 발표에서 제외되었던 건 내가 그토록 좋아하는 너그러움이 한 번 더 역할을 했기 때문이었다. 너그러움의 이면에 무능력한 나를 탐탁지 않아 하는 마음이 있을 수 있다는 걸 그때 실감했다.

나도 안다. 그토록 피하고 싶어 하면서 남이 알아서 제외해 주면 그게 또 서글프다니, 얼마나 모순되고 듣는 사람 피곤한 소리인지. 피할 궁리만 하는 사람은 그렇게 피곤한 인간이 되어 간다.

내 인생에 성공적인 발표가 아예 없었던 건 아니다.

이를 악물고 무대에 서서 해야 할 말을 다 해낸 날도
있었다. 말을 좀 더듬더라도 할 말을 다 전한 밤에는
행복감에 젖은 채로 잠자리에 누웠다. 그러나 야속하게도
다음 날이면 변함없이 여전한 말 더듬이 겨우 끌어올린
자신감을 또 한 번 꺾었고, 나는 다시 너그러움과 안락함을
좇았다. 용기를 끄집어내는 것보다 침대에 누워 스스로를
동정하는 게 마음 편했다.

　　발표를 피하려고만 하다 보니, 이따금씩 용기 내
도전했다가 말을 심하게 더듬어 버리면 타격이 배가
됐다. 커 가면서 발표를 해야 하는 상황이 자연스럽게
늘고 그만큼 타격을 입는 순간이 많아지자, 마음속에
미운 감정이 하나둘 자라났다. 열등감이나 피해의식 같은
것들이었다. 분노가 치민 적도 많았다. 식당에서 주문에
끝내 실패해 친구가 대신해 줬을 때, 어떤 여자애에게
전화가 왔는데 말이 안 나와 내 방에서 점프하고 뒹굴고
몸을 쥐어짜며 난리 쳤을 때. 그럴 때 나는 어딘가에,
누군가에게 화를 냈다. 왜 나에게만 이런 일이 일어나는
거냐면서.

　　미운 마음이 자라나기 시작하면 걷잡을 수가 없었다.
미운 마음은 끔찍한 행동을 불러오기도 했다. "나 가르치려
들지 마. 내가 더 힘들어. 내 아픔을 알아? 그런 말 하는

의도가 뭐야? 나 무시하고 싶은 거지? 별것도 아닌 게 잘난
척하고 있어……" 이런 마음이 말이나 행동으로 드러나
버렸다. 슬프게도 가장 가까운 사람 앞에서 그랬다. 하루는
늘 "괜찮으니까 천천히, 천천히 말해"라고 말해 주는
친구에게 못할 말을 하고 집으로 돌아왔다. 그날 밤 이불을
머리끝까지 덮고 새벽까지 울었다. 무서워서 눈물이 났다.
나 왜 이러지…….

리스너는
말을 더듬어도 괜찮아

　　말 더듬은 시도 때도 없이 튀어나오지만 무조건 찾아오는 순간이 있다. 특정 발음을 할 때다. ㄱ이나 ㅋ으로 시작되는 말을 할 때 거의 예외 없이 말을 더듬는다. 입을 떼는 것조차 힘들다. 그래서 상대가 김씨, 권씨, 강씨면 속으로 탄식한다. 만약 권강민같이 이름에 ㄱ이 콤보로 나오기라도 하면 가슴이 내려앉는다(전국의 권강민 님께 죄송합니다). 당사자는 좀 억울하겠지만 그의 이름을 불러야 하는 상황이 오지 않았으면 하고 무력하게 빈다. 우리나라에 김씨가 가장 많다는 사실은 내게 비극이다.

　　고유명사가 아닐 때는 그나마 괜찮다. ㄱ이나 ㅋ으로

시작하는 명사를 만나면 대체할 단어를 찾으면 된다.
'카센터'는 발음하기 어려우니 '차량 정비소'라고 바꿔
부르는 식이다. 이런 화법은 종종 상대의 의아한 표정을
불러오지만 나로서는 말 더듬을 멈추는 게 우선이다.

　　머릿속에서 일어나는 불필요한 공정은 정작 중요한
과업을 수행하지 못하게 했다. 내 의견을 전달하는
과정에서 ㄱ이나 ㅋ을 발음해야 하면 ㄱ이나 ㅋ이 아닌
다른 단어를 찾는 데에만 몰두하게 되고 그사이 논리나
적절한 표현을 잊어버리는 경우가 많았다. 머릿속에서
완전한 형태로 저장되어 있던 문장도 말 더듬이 시작되면
해체되고 사라졌다. 소통의 차원이 조금만 높아져도,
논리가 조금만 복잡해져도 대화가 잘 안 됐다.

　　사람은 나이를 먹고 경험을 쌓으면서 어떤 현상이나
문제의 본질을 제대로 짚을 수 있게 된다. 그러나 나는
죽도록 비본질만 붙잡는 인간이 되어 갔다. A라는 문제를
풀기 위해 논의하는 자리인데도 그저 말 더듬 없이
대화를 끝내기를 목표로 삼았다. 그렇게 계속 헤매는데
학교에서는, 취업 시장에서는 날마다 더 복잡한 현상을
이해하라고, 의견도 내라고 버겁게 나를 다그쳤다.

　　꼭 말을 해야 하는 상황이 아니어도 힘에 부치는 일은
많았다. 한번은 에세이 과제를 써냈는데 처참한 점수를

받았다. 내가 봐도 내 글은 어딘가 어긋나고 휘청였다. 말
더듬이 남긴 게 말 더듬만이 아니었던 것이다. 말 더듬에만
집중하느라 대화의 흐름, 논리적 귀결 따위는 따라갈
엄두도 내지 못하는 습성이 글에도 고스란히 보였다.
말만 더듬지 않으면 경쟁력 있는 사람이 될 수 있을 거라
믿었는데, 말 더듬을 고치더라도 문제가 여전할 거라는
생각이 들었다.

　　느는 건 임기응변뿐이었다. 다른 단어로 말하고,
발표를 피하고, 무작정 외운 문장을 시험에 그대로 썼다.
더 나은 사람이 된 듯한 착각에 빠지기도 했지만 일시적인
대처였다. 수업 과제로 팀 프로젝트를 수행할 때, 회의에서
아이디어를 내야 할 때 어처구니없을 만큼 쉽게 밑천이
드러났다.

　　막막함은 대학 졸업반이 되면서 극대화됐다.
자기소개서에 쓸 말이 전혀 없었다. 컴퓨터활용능력
1급과 토익 점수가 있었지만 가치 있게 느껴지지 않았다.
자기소개서는 살아온 경험에 강점을 적절히 섞어 써야
한다는데, 그동안 나는 헛다리만 짚고 살아왔지 않은가.
본격적으로 인생 레이스를 시작해야 할 시점인데 누가
출발점에 내 발을 묶어 둔 것만 같았다.

다만 나는 잘 듣는 사람이었다. 어떤 능력이 있다기보단 말을 못하니 어쩔 수 없이 듣기라도 잘하는 거였다. 어딜 가도 내가 분위기를 주도하기는 어려웠다. 타인을 주연으로 만든 뒤(내가 만든 것도 아니지만) 잠자코 듣는 역할을 할 수밖에 없었다. 허점을 많이 보이는 편이라 말하는 상대가 편안해하기도 했다. 사람은 대개 엄격한 사람보다 허술한 사람 앞에서 편안함을 느끼기 마련이니까. 덕분에 나에겐 상대방의 이야기를 들을 기회가 많았다. 그런데 잘 듣는 게 능력이라고 할 수 있을까? 타인의 말을 잘 듣는다고 해서 내가 덕 보는 건 하나도 없어 보였다. 어른들로부터 그렇게 경계 없이 굴다가는 무시당하기 쉽다느니, 사기당하기 딱 좋은 스타일이라느니, 하는 말도 많이 들었다.

듣는 포지션에 있으면 상대는 내가 말을 더듬든 말든 상관 안 했다. 그건 큰 위안이었다. 어쩌면 상대는 언제나 내 말 더듬에 별 관심 없었는데 리스너가 되었을 때만 내게 그 사실이 보였는지 모른다.

리스너도 말은 한다. 되물어야 하고, 상대의 말에 대한 내 생각을 밝힐 수 있어야 한다. 그게 대화니까. 주로 듣는 입장일 때도 당연히 말 더듬이 계속 튀어나왔지만 상대의 표정을 보며 '아, 내가 이 사람을 난감하게 만들고 있구나'라고 느낀 적은 없었다. 듣는 순간만은 평화로웠다.

잘 듣는 사람은 그렇지 않은 사람보다 좋은 이야기를
더 자주 만난다. 나는 좋은 이야기를 듣는 것을 좋아했다.
이야기에 감화될 때면 황홀했다. 기쁜 이야기든 슬픈
이야기든 조금만 극적인 이야기를 들어도 감동받거나 마음
아파했다. 드라마 〈그들이 사는 세상〉을 보고서는 드라마
PD를 꿈꾸기도 했다. 드라마 PD가 '좋은 이야기를 멋지게
만들어 세상에 내보이는 사람'이라고 생각했다. 드라마
PD가 되려면 현빈처럼 똑똑하고 말을 잘해야 할 것 같아서
꿈을 이룰 가망이 그리 크다고 여기지는 않았지만 말이다.

동시에 세상은 남의 말을 잘 듣지 않는 쪽으로
변해 갔다. 한두 마디로 사람을, 집단을, 나라를, 인종을
정의해 버리는 광경을 자주 마주쳤다. 좋지 않은 점을
부각해 부분을 전체인 양 얘기하는 경우가 많았다.
성별을 비하하는 단어가 유행처럼 번졌고, 툭하면 상대를
혐오하는 일이 여기저기서 일어났다. 그런 뉴스나 인터넷
게시물, 누군가의 말 한마디를 접할 때마다 깊은 피로감을
느꼈다. 사람 한 명 한 명이 살아온 길과 그들 안에 있는
무수한 이야기를 너무 쉽게 매도해 버리는 모습에 지쳐
갔다.

대학교 4학년 여름, 페이스북에서 길거리 인터뷰어를
모집한다는 글을 봤다. 거리에서 사람들을 인터뷰해서
그들의 이야기를 사진과 글로 편집해 발행하는, 당시
팔로워 6만 명 정도의 프로젝트 팀에서 낸 공고였다. 모집
요건에는 이런 말이 쓰여 있었다.

편견 없이 남의 말을 들어 줄 수 있는 사람을 찾습니다.

요건에 "적재적소에 질문을 잘 던지는 사람을
찾습니다"라든지 "말을 유창하게 할 수 있는 사람을
찾습니다"라고 돼 있었다면 그냥 지나쳤을 것이다. 길거리
인터뷰라니, 말만 들어도 손에 땀이 났다. 인터뷰어와
어울리지 않는 사람 순으로 줄을 세운다면 내가 거의 맨
앞에 서지 않을까. 그런데 남의 말을 잘 들어 주면 된다니,
그럼 나도 할 수 있는 건가.
    당시 취업 준비를 하면서 한 번도 하고 싶은 일을
발견한 적이 없었는데, 이 공고를 보고는 가슴이 뛰었다.
내 눈엔 너무 멋있는 일이었다. 취업도 아니었고 취업에
도움되는 대외활동이라고 볼 수도 없었지만 모든 것을
뒤로하고라도 그 일을 하고 싶었다.
    카페에서 공고를 보고 떨리는 마음을 애써 진정시키던

순간이 떠오른다. 살짝 열린 문을 통해 초여름 바람이 살살 불어왔다. 기분 좋게 바람을 맞으며 노트북을 잠시 닫았다. 인터뷰어가 되고 싶었다.

(멋있는 일)

형이 세상을 떠난 뒤 갑자기 찾아온 말 더듬은 나를 휘청이게 했다. 그 전까진 괜찮게 살고 있다고 느꼈는데, 이제는 그러지 못하고 있다는 기분이 들었다.

멋진 삶을 되찾고 싶은 갈망에 빠져 살았다. 하지만 말더듬이가 멋져지기란 쉽지 않았다. 남 앞에 서기를 두려워하고 말이 안 나와 숨이 차는 사람에겐 아무래도 호감을 갖기 어려울 터였다. 그럼에도 멋있는 일을 하며 살고 싶다는 얘기를 버릇처럼 하고 다녔다.

내게 있어 멋있는 일이란 무엇일까. 취업준비생일 당시에는 그게 뭔지 설명하기 어려웠다. 서른이 넘어서야 설명할 수 있게 됐다. 두 가지 기준이 있었다.

첫째, 뻔하지 않을 것. 사람들이 다 좋다고 하거나 누구나 하고 싶어 하는 일에는 웬만해선 마음이 끌리지 않았다. 허세라고 볼 수도 있겠지만 나는 어딘가 특별해지고 싶었다. 특별하다고 믿었던 옛날을 놓지 못해서였는지는 몰라도.

둘째, 선한 영향력을 가진 일일 것. 어딜 가든 내가 하는 일을 자랑스럽게 말할 수 있었으면 했다. 박수를 받을 수 있는 일이길 바랐다. 그러려면 세상을 손톱만큼이라도 더 나은 곳으로 만들 수 있는 일이어야 했다. 아무런 의미가 없거나 남에게 피해를 끼치는 일이라면 하고 싶은 마음이 생기지 않았다.

내가 길거리 인터뷰라는 일에 순식간에 마음을 뺏긴 건 이 일이 두 가지 기준을 충족해서가 아닐까. 나는 취업준비생이었고 우리 학교 우리 과를 나왔으면 대부분이 걷는 길을 따라가기 위해 매일같이 카페에 죽치고 앉아 자기소개서를 썼다. 그 시간이 설레지 않았다. 온 사회가 취업을 해내라고 압박했기 때문에 그에 못 이겨 억지로 뭐라도 하는 기분이었다. 서류전형에 합격해도 기쁘지 않았다. 빨리 취직해 이 시간을 끝내고 싶은 동시에 다 떨어졌으면 하는 모순된 마음이 나를 괴롭혔다. 하기 싫은 일을 계속 붙잡아야 하다니, 그걸 놓을 수도 없는 현실이라니 영혼이 죽어 가는 느낌이었다. 힘을 쭉 뺀 채로 시간을 보냈다. 그러다가 인터뷰어 모집공고를 본 순간 가슴이 다시 뛰기 시작한 것이다.

인터뷰어를 모집하고 있는 팀의 이름은 휴먼스오브서울(Humans of Seoul)이었다. 뉴욕에서 시작한 휴먼스오브뉴욕(Humans of New York)의 스핀오프 프로젝트 팀이었다. 그들이 운영하는 페이스북 페이지는 유명했다. 수만 명이 매일 콘텐츠를 봤고 여러 언론에 소개될 만큼 파급력도 있었다. 그들은 거리 인터뷰를 통해 사람들의 이야기나 생각을 사진과 짧은 글로 풀어냈다. 다시 말해, 거리에서 무작위로 섭외한 낯선 사람의 이야기를 수집해 선보였다.

휴먼스오브서울이 게시한 이야기에는 울림이 있었다. 그게 참 신기했다. 막 대단한 이야기들이 아니었기 때문이다. 키우는 강아지 이름에 담긴 의미라거나 최근 저지른 부끄러운 실수라거나 가장 친한 친구와 평소에 뭐 하고 노는지를 말하는 소소한 인터뷰였다. 다만 고유했다. 정해진 주제 없이 일상을 담는 게 목적이어서인지 지극히 개인적이었다. 어떤 준비도 없이 즉흥적으로 이야기를 듣는 방식이었기 때문에 이 고유성은 더욱 커졌다.

열 사람이 동일한 주제에 대해 말해도 각기 다른
얘기가 나왔다. 예를 들어 매일 하는 가족 식사 자리에
대해서라도 사람마다 들려주는 이야기가 달랐다. 누군가는
아버지와 오랫동안 사이가 틀어졌다가 최근에서야
가까워진 이야기를 털어놓았다. 누군가는 어린 시절
방황하다 어떤 계기로 정신을 차려 결국 원하던 대학에
합격한 동생 이야기를 꺼내 놓았다. 또 누군가는 아이가
태어나고 완전히 바뀐 식사 분위기를 말했다. 평범해
보였던 이야기가 고유성을 띠면 특별해졌다.

기본적으로 듣는 자세를 취한 휴먼스오브서울은
사람들의 고유성을 살리자고 말하고 있었다. 그런 자세가
세상의 중심에서 밀려나 침울해져 있는 나를 위로했다.
나도 충분히 특별해질 수 있다고 토닥여 주는 듯했다.

휴먼스오브서울 페이스북에 올라와 있는 이야기를
하나하나 읽어 나가는 동안 완전히 빠져들어 시간이
흐르는지도 몰랐다. 알지도 못하는 사람이 속에 품고 있던
이야기를 읽는 게 왜 그렇게 재미있었을까. 이야기들을
읽으면서 왜 행복감을 느꼈을까. 인류애 비슷한 게
솟아나는 느낌이었는데 그건 어째서였을까.

인터뷰 속 사람들의 존재가 있는 그대로 인정받고

있다는 느낌이 들어서였을 것이다. 자신만 알고 있던 이야기를 다른 사람에게 전달하는 순간 그들이 느꼈을 존재의 희열을, 인터뷰를 읽는 나도 어렴풋이 알아차렸기 때문일 것이다.

길거리 인터뷰는 뻔한 일이 아니었으며 선한 영향력을 뿜는 일이었다. 내 기준에 딱 들어맞는 멋있는 일이었다. 그렇지만 난도가 너무 높았다. 모르는 사람에게 먼저 다가가 말을 건다는 상상만 해도 손에 땀이 났다. 인터뷰를 하다가 말이 막혀서 5초 이상의 공백을 만든다면? 안 그래도 길 가는 사람 붙잡아서 귀찮게 하는데 말을 더듬어서 대화를 이어 나가지도 못할 지경이라면?

그런데도 며칠 동안 인터뷰어라는 이름이 마음속에서 가시질 않았다. 내심 낭만적인 만남을 기대했었는지도 모르겠다.

취업 준비로 바쁜 시기, 난데없이 온몸에 세포가 되살아나고 영혼이 기지개를 켰다. 얼마 전까지만 해도 전혀 기대하거나 상상하지 못했던 일이 나를 온통 사로잡았다.

3천 원짜리
인터뷰

인터뷰어가 되고 싶다는 마음은 생겼지만 마음만으로
될 수 있는 건 아니었다. 지원을 해야 했고 합격해야 했다.
고배만 마셔 온 취업준비생인 내게 검증의 관문은 그
자체로 높아 보였다. 게다가 인터뷰어 지원을 위해서는
미션을 수행해야 했는데, 그 난도가 지옥과도 같았다.

낯선 사람 대상 길거리 인터뷰 5건

홀로 거리에 서서 모르는 사람에게 말을 걸고
인터뷰를 해야 했다. 인터뷰란 건 당연히 해 본 적 없었다.
아니 어떤 대화든 주도해 본 적이 다섯 손가락에 꼽혔다.

머릿속으로 시뮬레이션을 돌렸다. 시뮬레이션 돌리기는
내가 늘 하는 일이다. 더듬지 않기 위해 할 말을 속으로
되뇌는 것이다.

상상만 했을 뿐인데 손에 땀이 났다. 긴장이 커질수록
마음이 약해졌다. '누가 시킨 것도 아닌데 그냥 관두자.
아무도 뭐라고 하지 않을 거잖아.' 맞다. 포기하면 편해질
수 있었다. 힘든 일 피하기는 내가 누구보다 잘하지
않나. 음식점에서 주문을 할 때도 친구에게 부탁하고,
팀 프로젝트에서 발표자를 정해야 할 땐 "제가 말을
더듬어서요⋯⋯"라며 물러서고.

떨리는 마음을 어찌할 수 없어 "에이 안 해" 하고
누워 버렸다. 그러다가 돌아누워 다시 인터뷰어에 대해
생각했다. 곱씹어 봐도 정말 멋있는 일이었다. 내게
'인터뷰어'라는 이름이 붙는다면 근사할 것 같았다.
그러다가도 두려움이 또 솟아나 돌아눕기를 반복했다.
몇 번을 뒤척여도 마음에서 미련이 자라났다. 배 속에
혹이 자라난 것처럼 뭔가가 걸리적거리는 느낌이었다. 그
걸리적거림은 아무리 자기합리화를 해도 없어지지 않을
거였다.

겨우 몸을 일으켜 휴대전화 달력을 켰다. 돌아오는
토요일에 '인터뷰'라고 기입해 두었다. 달력에 일정을

적는다는 건 결심을 했다는 뜻이었다. 길거리 인터뷰를 한다는 게 어떤 능력과 용기를 필요로 하는지 가늠도 못 했지만 그냥 부딪쳐 보기로 마음먹었다.

인터뷰를 나가기 하루 전, 집 앞 카페 구석 자리에 앉아 질문지를 썼다. "여긴 무슨 일로 오셨어요?" "요즘 고민거리가 뭔가요?" "취미가 뭔가요?" "어디서 활력소를 찾으시나요?" 질문들을 쭉쭉 써 내려갔다. 생각보다 어렵지 않았다. 어차피 일상을 담아야 하니, 낯선 사람을 만났을 때 할 법한 질문들을 늘어놓으면 될 것이다. 질문을 20개 가까이 적었다. 자신감이 좀 생겼다. 생각보다 할 만하겠다는 안심까지 들었다. 인터뷰가 어떻게 흘러갈지 대충 머릿속에서 그려지는 듯했다. 이 정도면 말을 좀 더듬더라도 어찌저찌 해낼 수 있으리라.

내친김에 바로 테스트를 해 보기로 했다. 옆자리에 친절해 보이는 부부가 앉아 있었다. 그들에게 가서 조심스럽게 말을 걸었다. 어떻게 설명해야 할지를 몰라 학교 과제를 하고 있다고 둘러댔다. 부부는 잠깐 당황했지만 이내 흔쾌히 인터뷰에 응해 줬다. 예상외로 쉽게 인터뷰가 성사된 것이다. 이제 리스트업해 둔 질문만 주고받으면 되는 일이었다.

모든 고민과 어쭙잖은 자신감, 이런저런 시뮬레이션을
비웃기라도 하듯, 인터뷰는 첫 스텝부터 엉켰다. 1이라는
질문을 던지면 예상 못 한 3이라는 대답이 돌아왔고,
준비한 2번 질문을 하기 어색한 상황이 벌어졌다. 이런
상황에서는 어떤 질문을 던지면 좋을지 알 수 없었다.
이러지도 저러지도 못하다가 맥락 없는 질문만 열 번은
던진 뒤 첫 인터뷰가 끝났다. 풍부한 내용을 위해서는
더 진행해야 했는데 눈앞이 캄캄해져 " ㅈ   자,   이
이 정도면 충분하네요"라며 끝내 버렸다. 대화를 잘
마무리하기보다 그냥 상황을 종료하는 데 급급했던 버릇이
여기서도 나왔다. "과제 정말 다 된 거 맞아요?" 부부는
걱정했다.

스타트를 끊으면 긴장이 줄어들 줄 알았는데 배로
커졌다. 길에서 낯선 사람에게 말 걸기는 카페에 앉아
있는 사람에게 다가가는 것보다 몇 배로 어려우리라.
본격적으로 미션을 시작하는 날이 코앞으로 다가왔는데
준비된 게 전혀 없었다. 다시 포기하고 싶다는 마음이
자라났다. 몇 번이나 돌아눕는 밤이 지나고 달력에 적어 둔
토요일 아침이 밝아 왔다.

무거운 몸을 겨우겨우 일으켜 서울역으로 향했다.
장소를 정하는 데 이렇다 할 기준은 없었다. 그냥 서울
사람들의 이야기를 묻는 거니까 서울의 허브인 서울역이
적절해 보였다. 가만히 서 있어도 땀이 줄줄 날 정도로
더운 날이었다. 서울역은 내게 익숙한 장소였지만 그날은
완전히 새로워 보였다. 지나치는 사람들이 하나같이
쌀쌀맞아 보였다. 누구도 내 인터뷰 요청에 응해 줄 것
같지 않았다.

역사 안으로 들어갔다. 벤치에 혼자 앉아 있는 사람을
집중적으로 찾았다. 거절당하더라도 혼자 있는 사람에게
당하는 게 나을 것 같았다. 거의 한 시간 동안 말을 거는
시도조차 하지 못했다. 모두가 바빠 보였기 때문이다. 내가
마음속으로 세워 둔 '말을 걸 상대의 조건'은 까다로웠다.
혼자일 것, 착한 인상일 것, 표정에 여유가 있을 것, 앉아서
인터뷰할 자리가 주변에 있을 것.

처음 말을 건 상대는 30대 남성이었다. 그는 듣는 척도
안 하고 쌩 지나갔다. 이 순간을 위해 마음 졸였던 시간이
길어서인지 가슴이 쿵 내려앉았다. 나를 지나친 남성은
내가 지난 며칠 동안 했던 마음고생을 알 리가 없는데도
못내 서운했다.

이후에도 거절이 계속됐다. 그러고 나니 사람들에게

다가가 말을 거는 일 자체는 조금 쉬워졌지만 길거리
인터뷰라는 일에 대한 자신감은 떨어졌다. 거절 방법도
다양했다. 뭔지 말도 안 했는데 "안 해요"라며 지나가는
사람, 미안할 일 없는데도 "죄송합니다"라며 정중히
사과하는 사람……. 나는 그들에게 서운한 마음이
들면서도 한편으로 그 모든 거절이 이해됐다. 유창한
사람이 말을 걸어도 이상하게 생각할 텐데, 말을 더듬는
사람이 다가오니 더더욱 수상했을 거다. 한여름, 숨 쉴
때마다 목구멍으로 넘어오는 더운 공기가 의지를 꺾었다.
옷이 땀으로 젖었다. 그만두고 집에 가고 싶었다. 아무도
시킨 적 없기 때문에 그만둔다 해도 뭐라고 할 사람이
없다는 사실이 나를 유혹했다.

　　시험 기간에 괜히 방 청소를 하듯 스스로에게
질문했다. 지금 내가 왜 길거리 인터뷰를 하고 싶어 하는
거지? 이런 시도가 말 더듬을 고치는 데 도움이 되는 건가?
이걸 하면 말 더듬 때문에 땅에 떨어진 자신감을 되찾을 수
있나? 이런 경험이 취업에 도움은 되나?

　　전부 갖다 붙일 수 있는 이유였지만 지칠 대로 지쳐
있는 나를 다시 일으켜 세울 만큼의 설득력은 없었다.
나는 포기했다. 익숙한 감정이었다. 콜드브루를 마시고
싶었지만 ㅋ 발음이 어려워 아메리카노를 주문할 때마다

느끼던 것이었다. 10년 넘게 지겹도록 겪었던 해프닝이 한
번 더 일어났을 뿐이었다.

　　집으로 가는 버스를 타러 서울역 앞 계단을 걸어
내려가고 있었다. 앳돼 보이는 여학생이 갑자기 나를
붙들고 말을 걸었다. 그는 자기 몸집만 한 모금함을 들고
있었다. 소아암 환자들을 위한 모금 활동을 하고 있다고
했다. 적은 금액이라도 큰 도움이 될 거랬다. 그는 그 길을
지나는 모든 사람에게 망설임 없이 말을 걸고 있었다. 내가
말했다.

　　"아　　아　　그그　　그럼 기부할 테니까 제 부탁도
들어주세요."

　　반사적으로 나온 말이었다.

　　3천 원을 모금함에 넣고 다짜고짜 그에게 질문을
던졌다. 황당함 섞인 표정과 목소리로 여학생은 인터뷰에
응해 줬다. 그렇게 나의 첫 길거리 인터뷰가 시작됐다.

　　"어쩌다 모금을 시작하게 되셨어요?"

　　"모금 활동을 하다가 이상한 사람을 만나기도
하나요?"

　　그는 우연히 보게 된 소아암 환자 다큐멘터리에

마음이 동해 이 활동을 시작했다. 서울역 한복판에서
모금함을 들고 서 있다 보면 무시하는 사람도, 귀 기울여
주는 사람도 만났다.

더운데 고생 많으시다고 내가 덧붙이자 그는 더위를
타지 않는 체질이라며 내가 더 더워 보인다고 했다. 그렇게
5분 만에 나의 첫 길거리 인터뷰가 끝났다.

작고 어설펐지만 중요한 한 걸음이었다. 포기의
문턱에서 만난, 우연 가득한 몇 마디 인터뷰가 꺼져 가던
내 마음의 불씨를 살렸다.

아직도 그 학생이 아니었다면 지금 무슨 일을 하고
있을지 상상한다. 3천 원을 기부하고 따낸 그 인터뷰가 내
인생을 바꿔 놓았다고 해도 과언이 아니다.

(인터뷰어라는
이름)

작은 성취감이 연약하디연약한 내 마음을 순식간에
단단하게 만들었다. 집에 가고 싶은 마음이 옅어졌다.

발걸음을 돌려 서울역으로 돌아왔다. 5분 전까지
막막해 보였던 풍경이 한결 편안하게 느껴졌다. 다시
심호흡하고 말 걸 사람을 찾기 시작했다. 모금함을 들고
있던 여학생을 만나기 전보다 훨씬 더 적극적으로 지나는
사람에게 말을 걸었다. 그 순간만큼은 거절이 엄청 두렵지
않았다. 입 못 떼는 나를 바라보는 상대의 표정도 그렇게
무섭지 않았다. 말 더듬이 걱정돼 할 말을 참아 낼 때
느꼈던 기분과 정확히 반대되는 감정이었다.

이런 마음이 어떤 기세로 나타났는지, 꼭 해내고야

말겠다는 의지가 전해졌는지 인터뷰가 성사되기 시작했다.
학교 과제라고 둘러대는 내 어정쩡한 요청에 마음을 여는
사람들이 나타나기 시작한 것이다.

그날 다섯 명과 인터뷰를 해냈다. 그중에서도
서울역을 청소하는 아주머니의 인터뷰가 마음에 남는다.
아주머니는 서울역의 오묘한 새벽에 대해 들려주셨다.

아주머니의 하루는 잠에서 깨는 노숙인, 출근하는
직장인과 함께 시작됐다. 늘 주변에서 먹고 자는 사람들로
질척한 곳에 말끔한 회사원들이 지나가면 그 광경이
기묘해 이런저런 생각에 잠기기도 했다. 일을 하다 보면
은근히 아주머니를 피하는 사람도 있었다. "무슨 벌레라도
보듯" 자신을 보고 멀리 돌아갔다. 남자 화장실을 청소하는
일도 솔직히 힘들었다. 그렇지만 쉬는 시간에는 동료
청소원들과 농담을 주고받느라 시간 가는 줄 몰랐다.
아주머니의 얘기를 들으면서 알았다. 내가 한 번도
청소 노동자의 입장을 생각해 본 적 없다는 걸. 아주머니는
딸 이야기도 들려주셨다. 아주머니의 딸은 사회복지사를
꿈꾸고 있다. 딸은 학교에서 요구하는 시간을 채우기
위해 시작한 봉사활동에서 꿈을 키웠다. 아주머니는 딸이

마음만은 풍족한 사람으로 자라서 다행이라고 하셨다.

아주머니와 인터뷰를 한 건 지하철역에서 KTX역으로 올라가는 에스컬레이터 앞에서였다. 아주머니는 대걸레를 든 채 나의 인터뷰 요청을 받았고, 처음에는 거절했지만 그사이 배짱이 생긴 내가 "저 과제 안 해 가면 혼나요"라며 조르니 "그럼 5분만" 하며 받아 주셨다. 그러고는 내가 건넨 "일하면서 힘든 점은 뭐세요?" "쉴 때는 뭘 하며 쉬세요?" 하는 질문에 답해 주신 것이다.

아주머니와 짧은 인터뷰를 마치고 다시 서울역 계단을 내려오면서 많이 아쉬웠다. 인터뷰 때 건넸어야 할 질문이 뒤늦게 생각나서다. 아주머니는 이 일을 얼마나 오래 하셨을까? 수도 없는 아침을 맞이하셨을 텐데 가장 기억에 남는 날은 언제였을까? 사람들이 아주머니를 피한다고 했는데 그럴 땐 어떤 마음이 드셨을까? 따님은 또래 친구들과 비슷한 소녀일까, 아니면 반에 한두 명씩 있는 어른스러운 학생일까? 쉬는 시간에 동료들과 주고받으신다는 농담은 무엇일까? 청소 노동자들 사이에는 어떤 얘기들이 요즘 화제일까? 다음에 인터뷰를 나가게 된다면 좀 더 붙잡고 물어보리라.

인터뷰를 하는 아주머니의 표정은 즐거워 보였다. 아마 아주머니도 본인의 이야기를 어디엔가 하고

싶으셨던 게 아닐까. 청소 노동자라는 직업 안에 숨겨진
아주머니만의 이야기를. 거대한 시스템 속 똑같은 부품 중
하나가 아닌 옆 사람과 구분되는 나의 이야기를. 그런데
난데없이 나타난 청년이 아주머니의 마음을 알아주듯
질문을 건넨 게 아닐까.

　　아주머니의 이야기를 듣는다면 아주머니를 피하는
사람들이 그렇게 편견 가득한 모습을 보일까? 그럴 리
없다고 생각한다. 누구나 자신만의 서사를 입는 순간
하나뿐인 존재가 된다. 하나뿐인 존재는 소중하다.
휴먼스오브서울의 인터뷰어는 어쩌면 아무도 관심 갖지
않았을 이야기를 궁금해하고 질문하는 사람이다. 하나밖에
없는 이야기를 꺼내는 사람이다. 진짜 멋진 일이구나,
생각하며 인터뷰를 이어 나갔다.

　　이후 방금 지방에서 올라온 남학생 두 명, 액세서리를
팔러 나온 공예과 학생, 군인 남자친구를 마중 나온
여자친구의 이야기를 들었다. 지방에서 올라온 남학생
둘은 이번 달부터 같이 살게 됐는데, 둘도 없이 친하지만
함께 사는 건 다른 문제라 걱정하고 있었다. 공예과 학생은
이렇게 발품을 팔지 않으면 졸업작품 준비에 들어가는
돈을 감당하기 어렵다며 속사정을 들려줬다. 휴가 나온

남자친구를 기다리던 여자친구는 군대가 그렇게 힘든
곳인 줄 알았으면 보내기 전에 더 따뜻한 말을 해 줄 걸
그랬다고 후회했다.

　　인터뷰를 모두 마치고 서울역 광장을 돌아보는데
사람들이 다르게 보였다. 햇살이 강하게 쏟아져 눈부셨고
지나가는 사람들에게서 빛이 나는 듯했다. 내가 오늘을
기쁘게 여기고 있는 것처럼 저들도 오늘을 특별하게
여기고 있을까? 그렇다면 어떤 사연이 있을까? 더 붙잡고
물어보고 싶었다.
　　그날 인터뷰를 하면서 내가 말을 더듬었는지
괜찮았는지는 기억이 안 난다. 자신을 궁금해하는
인터뷰어를 앞에 둔 사람에게 말 더듬은 신경 쓸 거리가
아니었을 것이다. 인터뷰어는 상대의 이야기를 궁금해하고
묻고 귀담아듣는 자세만으로도 어느 정도 역할을 해낼 수
있음을 그날 알았다.
　　그 늦여름 하루는 '말더듬이'라는 이름뿐이었던 내
인생에 '인터뷰어'라는 이름이 처음으로 날아온 날이었다.

2장

말 더듬는
인터뷰어

(데뷔 인터뷰)

인터뷰어 지원을 하고 몇 주 후 연락이 왔다. 합격
소식이었다. 나중에야 알았지만 인터뷰의 완성도보다는
"진정성"이 합격 이유였다. 지원서에 말 더듬을 솔직하게
밝혔는데 그걸 좋게 봐 준 듯했다.

말 더듬 때문에 인터뷰 지원을 준비할 때 다른 사람들에
비해 배의 노력이 필요했습니다. 낯선 사람에게 말을
거는 게 무서워 포기하고 싶은 마음이 수도 없이
들었지만 그러지 않았습니다. 휴먼스오브서울의
인터뷰어 모집공고가 저에겐 단순한 액티비티가 아닌, 저
자신을 뛰어넘을 도전의 기회로 다가왔기 때문입니다.

지금 당장의 인터뷰 스킬은 부족할지 몰라도, 일취월장의
모습을 보여 드릴 수 있을 거라 기대하고 자신합니다.

지원서에 쓴 대로 나는 인터뷰 활동을 평생
나를 막아 왔던 장애물을 뛰어넘을 기회로 여겼다.
그래서 합격했다는 메일을 받았을 때 뛸 듯이 기뻤다.
인터뷰어라는 이름을 달게 됐다는 이유 하나만으로 전보다
나은 사람이 된 기분이었다.

살다 보면 잊지 못할 하루가 생기기 마련인데 내겐
첫 정식 인터뷰를 했던 날이 그렇다. 기온이나 바람, 햇살
같은 게 바로 생각날 정도로 그날은 내 마음에 깊이 새겨져
있다. 인터뷰 장소는 서울 대학로 마로니에 공원이었다.
마로니에 공원은 길거리 인터뷰어에게 섭외 문턱이
낮은 곳 중 하나라고 했다. 젊은 영혼이 숨 쉬는 대학로
한가운데 널찍한 공원. 여유가 있고 마음이 열린 사람이
모이는 장소라는 게 이유였다. 실제로 우리 팀이 발행한
인터뷰에는 마로니에 공원을 배경으로 한 편이 많았다.
공원을 뒤로한 인터뷰이들의 표정은 편안해 보였다.
그날 입은 옷, 아침 버스를 타러 나오던 길, 버스에
앉아 바라봤던 풍경까지도 생생하다. 명동성당 앞까지

68

버스를 타고 가서 마로니에 공원으로 가는 버스로
갈아탔다. 가는 길 내내 좋아하는 음악을 들었다. 버스에서
살짝 창문을 열었는데 선선한 바람이 얼굴을 스쳤다.
초가을이었고 날씨는 화창했다.

　　포토그래퍼를 만나 처음으로 한 말은 "긴장돼요"였다.
나는 불안이나 초조함 같은 감정을 남에게 털어놓는
데 익숙했다. 누군가에게 꺼내고 나면 그 감정 때문에
드러날 나의 부족함을 어느 정도 변호한 기분이 들었달까.
포토그래퍼는 무심하게 "긴장할 필요 없어요"라고 했다.

　　나중에 혹시라도 길거리 인터뷰를 처음 하게 되는
날을 맞이한다면 여러분도 공감하겠지만, 나가면 한
시간 가까이는 어떤 일도 안 하게 된다. 그저 수상하게
주변을 배회한다. 배회하면서 오가는 사람을 한 명 한 명
관찰한다. 그리고 눈에 띄는 모든 사람들에게 섭외하면
안 될 이유를 붙인다. '저 사람은 바빠 보이니까 거절할
거야' '저 사람은 딱 봐도 부끄러움이 많네. 절대 응해 주지
않을 거야' '저 사람은 말만 걸어도 짜증을 낼 것 같은데?'
긴장하고 움츠러든 사람은 긴장을 유발하는 그 일에
나서지 못할 이유를 잘도 찾아낸다.

　　잠자코 나의 섭외 포기 이유 퍼레이드를 듣고
있던 포토그래퍼가 답답했는지 입을 열었다. 그는 거리

인터뷰를 수십 번 나온 베테랑이었다. 포토그래퍼는
자기 이야기를 기꺼이 나누어 줄 사람이 대강 눈에
보인다고 했다. 그가 내게 섭외 대상을 한 명 한 명 찍어
주기 시작했다. 처음으로 가리킨 사람은 마로니에 공원
뒤편에서 캔맥주를 마시고 있는 여성 두 분이었다.

　　포토그래퍼의 선택이 의아했다. 그 사람들의 인상이
차가웠기 때문이다. 쭈뼛쭈뼛하고 뚝딱거리는 나의 제안을
받아 주지 않을 거라고 짐작했다. 하지만 포토그래퍼의
말을 따르지 않기는 어려웠다. 한 시간째 제대로 된
섭외조차 못 하고 있었고, 섭외는 인터뷰어의 몫이었다.
나는 제 몫을 다하지 못하고 팀의 체력을 뺏고 있었다. 등
떠밀리듯 가서 둘 중 한 분에게 말을 걸었다.

　　" 저　저　　　　저　저기 혹시 잠시 시간 좀 내주실
수 있으세요? 인터뷰를 하고 있거든요."

　　예상을 뒤엎고 그분은 흔쾌히 내 제안을 수락했다.
앉아서 편하게 하시라고 했다. 나는 쿨한 수락에 놀라며
옆자리에 앉았다. 그리고 차근차근 휴먼스오브서울에 대해
설명했다. 그는 차분히 내 이야기를 듣고 고개를 끄덕였다.
그러곤 어떤 얘기를 하면 좋겠냐고 했다. 조금 고민하다
최근 가장 기억에 남는 순간이 언제냐고 물었다. 그는
천천히 입을 열었다.

그분은 20대 후반으로, 얼마 전에 자기 가게를
연 사장님이었다. 가게를 여는 건 오래전부터 바라 온
일이었다. 막상 시작해 보니 하루가 멀다 하고 해결해야
할 문제가 생겼다. 시행착오가 너무 많아서 자기가 잘하고
있는지 확신이 없었다. 그런데도 사장이 됐다는 이유로
주변 사람들은 자신을 진짜 어른으로 봤다. "어른 다 됐네!"
이 말을 듣는 순간 그는 가슴이 철렁 내려앉았다. 아무리
생각해도 자기는 아직 한참 어린데, 그 순간 느닷없이
어른이 되어 버린 것 같았다.
　　그분이 들려준 얘기는 나중에 편집장님의 검수를
통과해 발행까지 됐다.

　　"얼마 전에 친하게 지냈던 오빠를 엄청 오랜만에 봤어요.
거의 1년 만에 봤는데, 그 오빠가 '못 본 사이에 완전
어른이 다 됐네'라고 하는 거예요. 그 말을 듣고 너무
먹먹했어요. 어른이 되었다는 말이 뭔가 씁쓸하더라고요.
순간 눈물이 날 정도로요. 저는 아직 준비가 안 됐거든요.
내가 과연 원하던 모습의 어른이 된 게 맞을까 싶기도
하고……."

앉아서 그분의 이야기를 들었을 뿐인데 시간이 훌쩍
흘러 있었다. 그렇게 첫 정식 인터뷰가 끝났다. 서울역에서
모금함을 든 여학생을 만났던 때처럼 긴장이 해소되고
체력이 회복되고 날개가 솟아나는 듯한 마법 같은 기분을
느꼈다. 또 다른 이야기를 꺼내고 싶은 욕구가 커졌다.

거절을 스무 번쯤 당하고 나서 두 번째로 인터뷰를
한 사람은 여든이 넘으신 할아버지였다. 그 역시
포토그래퍼가 지목한 인터뷰이였다. 할머니랑 같이
계셨는데 요즘 이런 거 함부로 하다 큰일 난다는 아내의
만류를 뿌리치고 인터뷰에 응하셨다.

나는 살면서 가장 힘들었던 순간이 언제였냐고
물었다. 할아버지는 한국전쟁 이야기를 들려주셨다.
한국전쟁에 대해서는 나도 물론 잘 알았다. 그 전쟁
중에 있었던 마음 아픈 이야기도 몇 개는 알았다. 그런데
할아버지의 이야기는 새롭고 낯설었다.

할아버지는 전쟁 때 남한으로 내려왔는데 그
과정에서 시궁창을 통과해야 했다. 나는 '시궁창'이라는
단어를 비유적으로 쓸 줄만 알았지, 실제로 어떤 곳을
말하는지 알지도 못했다. 몇 십 킬로미터를 어머니와 함께
건너오는데, 뒤따라오던 어머니가 어느 지점에 이르러 "난

안 되겠으니 먼저 가라"라고 말했단다. 시궁창 중간에서 어찌할 도리가 없던 할아버지는 그대로 어머니를 두고 가던 길을 갔다.

할아버지가 그때의 상황과 분위기와 마음을 말씀하시는 동안 나는 말없이 계속 고개를 끄덕였을 뿐이다. 그 고초를 겪고도 지금은 어엿하게 한 가정을 이룬 남자가 담담하게 인생 이야기를 이어 갔다. 어릴 때 우리 할아버지가 나를 무릎에 앉히고 들려줬던 얘기도 이런 내용이었을까? 나는 인터뷰어로 만난 할아버지의 이야기가 경이로웠다. 더 듣고 싶었다. 그러나 계속되는 할머니의 핀잔에 할아버지는 어쩔 수 없이 인터뷰를 멈췄다("아유 거기까지만 해요, 좀!").

"전쟁 나면 우리 노인들은 필요 없을 것 같지? 그렇지 않아. 정말 그런 상황이 온다면 우리 노인네들이 한몫할 거야. 그 정도로 우리 노인들은 정신무장이 되어 있어. 전쟁이 난다면 나는 제일 앞에 설 수 있어. 내가 한국전쟁 때 말이야, 시궁창에 어머니를 뒤에 두고 홀로 38선을 넘어온 사람이야. 총 한 자루 주고 고지에 세워 준다면, 난 그 자리에서 죽는 한이 있더라도 젊은이들을 위해서 용감하게 싸울 거야."

첫날은 그렇게 두 번의 인터뷰를 했다. 집에 돌아오는 길에 좋은 인터뷰를 하기 위해 필요한 건 말을 더듬지 않는 게 아닌 다른 무언가라는 생각을 했다. 아직 그 무언가를 찾는 숙제가 남았지만 아주아주 기꺼이 그 숙제를 풀리라 다짐했다.

말더듬이의
글쓰기

첫 인터뷰 이후로 인터뷰를 더 잘하기 위해 끊임없이
시뮬레이션을 돌렸다. 누군가를 만나 대화하는 상황을
그려 보면서 말 더듬이 아니라 어떤 질문을 할까를
고민하고 있다는 점 자체가 감격스러웠다. 새로운 역할이
하나 주어졌을 뿐인데 많은 게 좋아진 듯했다. 인터넷에서
'인터뷰 잘하는 팁'을 찾아보거나 질문 리스트를 새로
짜 보기도 했다. 팀의 선배들에게 이런저런 팁을 얻기도
했다. 그 덕에 인터뷰를 나갈 때마다 전보다 완성도 높은
인터뷰를 해냈다는 실감이 들었다.

내 관심은 온통 인터뷰를 잘하는 방법에만 쏠려
있었다. 그러다 보니 간과한 게 있었다. 인터뷰어에게

인터뷰만큼 중요한 게 글쓰기라는 사실이었다. 좋은
이야기를 들었으면 그 느낌과 분위기를 살려 글로 표현해
내야 했다. 그러지 못하면 콘텐츠가 될 수 없었다.

글쓰기가 어떤 일인지 전에는 짐작도 못 했다. 적어도
그렇게나 어려운 일이라고는 상상도 못 했다. 글쓰기는
어려웠다. 쓰고자 하는 주제를 완벽히 이해하지 못하면
좋은 글을 쓸 수 없었다. 차라리 말로 하면 논리에 구멍이
좀 있어도 분위기나 뉘앙스로 소통할 수 있는데, 글은
그렇지 않았다. 작은 빈틈이라도 있으면 가치 없는 글이 돼
버렸다.

나는 이해가 느린 사람이었다. 대화가 부족한 채
어른이 된 사람은 같은 말이라도 이해하는 데 시간이 오래
걸리는 법이다. 당연히 글쓰기도 서툴렀다. 인터뷰를 글로
편집한 후에는 멘토의 확인을 받아야 했는데, 수도 없이
퇴짜를 맞았다. 인터뷰에 나서는 것도 그렇게 긴장됐는데
글쓰기가 인터뷰보다 어렵다니.

밤마다 인터뷰한 내용을 글로 재구성했다. 때론 문단
하나를 완성하기 위해 새벽까지 노트북을 붙잡고 있었다.
그렇게 새벽까지 써서 제출해도 다음 날이면 내가 쓴 글에
대한 피드백이 수도 없이 달려 있는 문서를 마주해야 했다.
논리만 맞으면 되는 글이 아니었다. 분위기를 생생하게

담고 서사를 극적으로 전달하는 스킬도 필요했다. 너무 어렵고 가끔은 내가 뭘 잘못했는지 모르겠어서 화가 났다.

처음에는 어떻게 쓰면 될지 얼추 보이는 것 같아도 자판을 두드리다 보면 문장 사이와 이야기 사이에 구멍이 보였다. 이것도 아니네, 저것도 아니네 하면서 머리를 쥐어짰다. 느릿느릿 한 편 두 편 써냈지만 예상치 못한 피드백을 받아 또 갈아엎어야 하는 상황이 반복됐다.

힘들고 괴로웠다. 또 한 번 포기하고 싶은 마음이 고개를 들었다. 그토록 해결 안 되는 문제를 계속 껴안고 있는 것도 처음이었다. 그렇지만 마음 한편에서는 이 고생스러운 작업을 절대 놓으면 안 된다는 생각이 있었다. 인터뷰어로 활동하고 있다는 사실을 되새길 때마다 지금껏 허비한 지난 시간을 메꾸는 듯한 기분을 느꼈기 때문이다.

나의 말에는 항상 무언가가 빠져 있지 않았는가. 꼭 말 더듬이 튀어나와 어떻게든 대화를 끝내는 데에만 집중하지 않았는가. 내 의견은 늘 미완성으로 전달됐고 대화는 매번 애매한 결론만 남겼다. 그런데 글에서는 말 더듬의 흔적을 찾아볼 수 없었다. 글을 쓸 때는 시간이 정말정말 오래 걸리더라도 빈틈을 방치하지 않고 메꿀 수 있었다. 빈틈을 메꾸고 나면 문장 간 부족한 연결고리가 보이고 그래서 또 고치다 보면 고작 세 문단을 완성하는 데

일주일이 걸리기도 했지만 그렇게 나온 글에 나 스스로는
아쉬움이 없었다. 적어도 빈틈을 알면서 그냥 내버려두진
않을 수 있었다. 시간을 들일 수 있었고 자세히 들여다볼
수 있었으며 실수는 없나 돌아볼 수 있었다. 나는 초안을
수정할 수 있는 글의 속성에 점점 매료돼 갔다. 그 순간
뱉으면 끝이고 자세히 들여다볼 여유도 없으며 더듬기
시작하면 걷잡을 수 없는 말하기는 내게 늘 아쉬움을
남겼다. 글쓰기는 그런 아쉬움을 모조리 상쇄했다. 매일
밤 쓰고 또 썼다. 머리를 쥐어뜯으면서도 썼다. 지겹도록
매달려 겨우겨우 글 한 편을 완성해 냈다.

　　마침내 휴먼스오브서울에 글이 게재되면 휴대폰을
붙들고 사람들의 반응을 확인했다. 적게는 수백, 많게는
수천 개의 반응을 받았다. '좋아요' 수가 많을수록 내가
그만큼의 사람을 감화시켰다는 뜻이었다. 경험한 적 없는
희열이 나를 감쌌다. 내가 사람들의 마음을 움직이는
이야기를 만들어 냈구나. 말로 할 때는 늘 상대를 갸웃하게
만들었던 내가.

　　신기하게도 직접 만나 이야기를 나누면서
인터뷰이에게서 받은 느낌과 글로 쓴 뒤의 느낌은 달랐다.
인터뷰이가 해 준 이야기를 한 번 더 오래 들여다보고 글로
풀었을 때 훨씬 그를 깊이 이해했다는 느낌이 들었다. 때론

글로 옮겨 썼을 뿐인데 인터뷰이가 완전히 다른 사람으로 느껴졌다.

글의 속성과 쓰는 자세로 세상을 대해야겠다고 다짐했다. 신중하고 조심스럽게, 겉모습으로 판단하지 않고 상대의 이야기를 궁금해하며 빈틈없이 이해하려 노력하면서. 누구에 대해서든 너무 쉽게 판단하는 일이 없도록, 누구든 오래 들여다봐야 정확히 알 수 있다는 믿음으로.

"제가 말은 더듬는데 글은 좀 써요"라고 말할 수 있다면 기쁘겠지만 여전히 글을 못 쓴다. 너무 느리고, 뒤늦게 발견되는 빈틈이 많아 수정을 거듭해야 한다. 힘들다. 효율적이지 않다. 지금도 끙끙거리며 쓰고 있다. 그렇지만 한 문장 한 문장 아쉬움 없이 완성해 나갈 때면 말 더듬이 남긴 상처가 아무는 느낌이 든다. 말더듬이기에 생긴 한계도 깨져 나가는 듯하다. 이 느낌이 내게는 무엇과도 바꿀 수 없을 만큼 소중하다.

(거절을 대하는
마음)

희미한 기억 하나. 초등학교 고학년 초겨울, 학원에
가는 길이었는데 어떤 여자분이 나를 붙잡았다. 20대
초반으로 보이는 인상 좋은 분으로, 무릎까지 오는 긴
코트에 빨간 목도리를 하고 있었다. 그는 벤치에 나를
앉힌 채 생긋 웃는 표정으로 어린 나는 이해하기 어려운
얘기를 늘어놓았다. 그의 말을 귀담아듣는 게 마땅한
도리라고 생각해 갈 길을 멈추고 한참 들었다. 절반도
알아듣지 못하는데도 연신 고개를 끄덕이면서. 한 시간
반쯤 흘렀을까. 결국 학원을 거른 채 그가 건네준 책자를
한 아름 안고 집에 돌아왔다. '힘겨운 삶을 이겨 내는
방법'류의 책이었다. 무슨 일이 있었는지 눈치챈 엄마는

학원 결석을 문제 삼지 않았다. 다만 다음부터 낯선 사람이
말을 걸면 최대한 빨리 그 자리를 빠져나오라고 당부했다.
낯선 사람들을 꾀어 이득을 챙기려는 나쁜 사람들이
있다면서.

　길에서 느닷없이 말을 거는 사람을 경계해 온 건 그
기억 때문일까? 나는 늘 바쁜 일이 있는 듯 걸었다. 모르는
사람한테 말을 거는 사람은 대부분 이상한 사람이라고
믿었다. 길을 걷는데 저 멀리서부터 나를 의식하는 듯한
사람이 보이면 경계했다. 괜히 인상을 쓰거나 휴대폰을
보고 걸음을 재촉하거나 먼 곳을 바라봤다.

　이런 마음이 편견일 수 있다는 생각조차 하지 않았다.
낯선 사람에게 다가가 말을 거는 행위에 순수한 의도란
없다고 믿었다. 무례한 행동이라 여기기까지 했다. 남의
시간과 정신을 예고 없이 일방적으로 뺏는 이기적인 일.
거리에서 만난 낯선 사람과의 대화에서는 가치 있거나
의미 있는 어떤 일도 일어나지 않는다고 생각했다.

　그런 내가 길거리 인터뷰어가 됐다. 낯선 사람에게
말을 걸어야 하는 입장이 되고도 내가 강한 생각(혹은
편견)을 가진 사람이라는 걸 기억도 못 했다. 진심 어린
인터뷰 요청을 거절하는 사람이 그렇게나 많을 거라는

예상도 하지 못했다. 처음 인터뷰를 하러 나가 떨리는 심장을 붙잡으며 행인에게 대화를 청하는 그 순간까지 내 머릿속에는 나를 이상하게 보거나 내 말을 듣지도 않고 "안 해요"라며 쏘아붙이고, 내가 욕이라도 한 듯 공격적인 표정과 몸짓으로 반응하는 사람을 만나는 시나리오는 없었다.

현실은 달랐다. 길거리 인터뷰 현장에서 가장 많이 맞닥뜨리는 건 단연 사람들의 거절이었다. 베일 듯 날이 서 있는 거절, 억울함을 불러일으키는 거절, 세상에 대한 서운함을 남기는 거절(말 더듬는 내가 이렇게까지 노력하는데 정말 무정하고 매정한 사람들!). 거리에는 나 같은, 그러니까 길에서 말 거는 낯선 사람을 싫어하던 나 같은 사람이 많았다. 할 말이 없는 일이었다.

길거리 인터뷰라는 일을 처음 알게 됐을 때 멋있는 상상만 했었다. '사람들에게 있는 좋은 이야기를 세상에 선보여야지' 하는 아름답고 숭고한 다짐을 안고 거리에서 처음 만난 사람과 살아온 이야기를 나눈다. 이야기에 감화돼 눈물을 훔치고, 좋은 대화를 나눴다는 뿌듯한 마음으로 집으로 돌아온다. 그 대화를 토대로 근사한 이야기를 써서 많은 독자의 마음을 울린다…….

그랬던 마음은 거절에 꺾일수록 비에 젖은 강아지처럼

풀이 죽어 갔다. 한번은 청계천에서 열심히 이 사람 저 사람에게 말을 걸고 있었다. 유난히 섭외가 안 되는 날이었다. 날이 더워 땀을 뻘뻘 흘리며 인터뷰를 간곡히 요청했다. 다정해 보이는 한 커플에게 다가가 말을 걸었다. "안녕하세요. ㅈ   저   저저 저 저저희는 길거리 인터뷰 팀에서 나왔는데요. 혹시 인터뷰……" 말이 끝나기도 전에 돌아온 대답은 짧았다. "됐어요."

   써 놓고 보니 별거 아닌 것 같지만 뭐랄까, 땀에 젖은 내 모습과 여자친구 어깨에 팔을 두른 채 뒤로 고개를 젖히고 내리깔듯 말하던, 경멸(까진 아니었을 거라 생각하지만 그렇게 느껴진)의 말투와 표정으로 거절을 건네던 남자의 모습이 나를 흔들었다.

   그런 거절을 당하고 나면 또 말 더듬을 생각했다. 말 더듬이 안 그래도 이상하게 여겨지는 길거리 섭외를 더 이상해 보이게 만들었다. '낯선 사람에게 말 걸기'라는 특수 상황에서는 말 더듬에 대한 무례가 정당화되는 것 같기도 했다. 일상에서 내 말 더듬은 사람들의 배려와 인내를 불러일으키는 특징이었지만, 거리에서는 상대의 태도를 더 방어적으로 만드는 요인이었다.

   아무리 어려운 일이라도 계속 견디다 보면 익숙해진다고 흔히들 말한다. 하지만 거절만은 그렇지 않았다. 거절의 순간이 쌓일수록 거절이 더 무서워졌다. 인터뷰를 나갈 때마다 거절을 많이 당하는지 견딜 만큼만 당하는지, 얼마나 무례하게 당하는지를 가늠하게 됐다. 기분 나쁜 거절을 만나면 그날은 인터뷰를 그만두고 싶었고, 딱히 심한 거절이 없는 날에는 그래도 할 만한 기분이 들었다. 길거리 인터뷰 성공 여부가 사람들의 좋은 이야기를 담느냐 마느냐가 아니라, 거절을 세게 당하느냐 아니냐가 되어 갔다.

거절은 기대가 무너지는 일이다. 상대방이 내 부탁을 들어줄 거라는 야심 찬 기대가 무너지는 일. 길거리에서 시간을 내 대화를 나눠 달라는 요청은 들어주기 어려운 일이기 때문에 부탁하는 입장에서도 가슴이 떨린다. 반면 거절은 누구에게나 이해받을 수 있는 선택이다. 거절하는 마음은 심지어 부탁하는 나도 이해하지 않을 수 없는 자연스러운 마음이다. 떨리는 부탁과 쉬운 거절이 계속해서 겨뤄야 하는 판이라니, 정말이지 하기 싫은 기분이 들 수밖에 없는 것이다. 좋은 인터뷰어가 되겠다는 숭고한 다짐을 순식간에 잊어버릴 만큼.

이 인터뷰 프로젝트를 처음 시작한 휴먼스오브뉴욕의 브랜드 스탠튼은 언론 인터뷰에서 이렇게 말했다. 길거리 인터뷰에서 중요한 건 인터뷰 스킬도 아니고

사진을 잘 찍는 것도 아니라고. 언제나 있을 수밖에 없는
거절에 굴하지 않고 계속 이 일을 이어 가는 거라고.
차가운 시선이 인터뷰어를 끌어내리려 해도 버티는 것이
중요하다고. 나는 그 말을 천천히 이해해 갔다. 가장 먼저
이해한 사실은 거절이 없을 수는 없다는 거였다. 두 번째로
깨달은 사실은 그럼에도 나는 길거리 인터뷰를 하고자
하는 사람이라는 거였다. 그다음에는 의문이 떠올랐는데,
저 아픈 거절들을 온몸으로 받으면서도 해내고자 하는
인터뷰가 그만큼의 가치가 있느냐는 것이었다.

이 글을 쓰는 지금까지도 그 질문이 어렵다. 내가
해낸 인터뷰가 얼마나 가치 있을까. 세상에 얼마나 영향을
미칠까. 다만 어떤 날에는 거리에서 만난 이야기가 너무
좋아서 마음에 뜨거운 무언가가 차올랐다. 그런 날이 분명
있었다. 거절이 힘들어 모든 게 하기 싫어질 때쯤 그런
순간이 한 번씩 만들어졌다. 어떻게든 그 기억을 붙잡았을
때는 '계속하고 싶다'는 마음이 들었다. 그 마음은 아무리
거절을 만나 꺾여도 사그라들지 않았다.

"좋은 시나리오를 쓰고 훌륭한 영화를 만드는 게
꿈이었어요. 쉽지 않았죠. 원래 이 판이 좁고, 자본이
없으면 좋은 작품을 만들기 힘든데, 저희는 돈이

없었거든요. 배고픈 날들의 연속이었죠. 그래도 꿋꿋이
꿈을 향해 걷고 있었어요. 그러던 어느 날 집에 들어가던
중에 마트에 들렀는데 귤이 있더라고요. 사 가서
여자친구랑 먹으면 참 좋겠다 싶었는데 고민이 되는
거예요. 4천 원이었는데, 4천 원 내고 귤을 사면 맛있게
먹을 수 있다는 건 알겠는데, 이게 굳이 써야 할 돈일까,
아껴서 모으는 게 더 낫지 않을까, 하는 생각이 들었어요.
그때 실감했어요. 꿈이 무너졌다는 걸."

"가끔 이유 모를 우울이 찾아올 때가 있잖아요. 그럴
때 내가 왜 우울할까 생각의 꼬리를 물고 가다 보면
꼭 여자친구나 가족이 떠올라요. 잊고 있다가도
떠올리게 되죠. '아, 나를 사랑해 주는 사람들이 있지'
하고요. 그래서 저는 우울에서 빠져나오고 나면 꼭
행복해지더라고요. 아이러니하게도요."

"고1 때 친구랑 장난치면서 서로 꿀밤 때리기를 했는데
친구가 저를 진짜 세게 때렸어요. 집에 가면서도 생각이
나더라고요. 그런데 그렇게 아픈데도 싫지가 않았어요.
그때 제 머리를 때린 게 지금 제 여자친구예요."

"광화문에서 무료로 좋은 글귀를 써 주는 일을 하고 있어요. 가끔 가족 단위로 오시기도 하는데, 대부분의 부모님은 '성실히 공부하자', '돈 많이 벌자' 같은 글귀를 써 달라고 하는 반면 아이들은 '비워야 채우지' 같은 글귀를 요청하는 경우가 많아요. 가장 중요한 본질을 보는 건 오히려 아이들이더라고요. 참 신기하죠."

(토닉워터)

인터뷰를 하다 보면 잊었던 기억이 떠오르곤 한다.

할아버지는 집안에서 가장 어른이었고 나는 손주 중에서도 막내였다. 부산에 가면 할아버지는 나를 무릎에 앉힌 채 알아듣지도 못할 인생 이야기를 했다. 나를 그대로 안은 채 책을 읽거나 얇고 긴 담배를 피우거나 사이다 섞은 술을 마셨다. 할아버지 힘들게 하면 안 된다고 어른들이 내게 말하면 할아버지는 괜찮다며 웃었다.

부산에 도착한 이튿날이면 할아버지와 꼭 둘이서 목욕탕에 갔다. 손자와 상봉했다면 목욕탕에 가는 것이 할아버지에겐 당연한 의례였다. 할아버지는 바로 냉탕에 뛰어들려는 나를 붙잡고 샤워장으로 데려갔다. 그러곤

얼굴에 무자비하게 비누칠을 했다. 내가 "매워요, 하지
마요" 하면 껄껄껄 웃었다. 내가 토라져서 저 멀리 가도
다시 올 줄 어떻게 아는지 할아버지는 그저 웃었다. 목욕을
마치면 할아버지는 밖으로 나와 '컨피던스'라는 음료수를
한 병 사 줬다. 얼마나 시원했는지 그 맛이 잊히지 않는다.

  방학을 맞으면 꼭 부산에 갔는데 몸이 조금 커지고
나서는 할아버지에게 짜증도 낼 줄 알게 됐다. 한번은
이제 막 라면 끓이는 법을 배운 내가 어른들에게 보여
주겠답시고 가스레인지에 물을 올렸다. 뭘 하고 있나, 하고
등 뒤로 온 할아버지는 물이 부족하다며 거의 다 끓은
물에 찬물을 부었다. 나는 할아버지가 망쳤다며 짜증을
냈다. 가족 중 누구도 대들 수 없는 위치에 있는 그였지만
나는 쉽게 맞섰다. 그러면 할아버지는 유독 미안해하고
멋쩍어했다. 할아버지의 그런 모습을 보면 나도 덩달아
미안해졌지만 아무 말도 하지 않았다.

  초등학생 저학년생일 때, 할아버지가 서울 이문동에
있는 우리 집에 왔다. 외출을 하고 돌아가는 길에
피자집에 들렀다. 한 조각을 주문했는데 종업원이
피자를 은박지에다 싸 줬다. 할아버지는 비위생적이라며
종업원에게 버럭 화를 냈다. 나는 모르는 사람한테 우리가
화를 내는 게 싫어서 "할아버지 그러면 안 돼요" 하고

말했다. 그러자 할아버지가 미안한 표정을 지었다. 그 모습에 나도 미안해졌지만 아무 말도 하지 않았다.

형이 세상을 떠나고 장례를 치르던 날, 뒤늦게 형의 영정 앞에 도착한 나를 보자마자 할아버지는 바닥에 무릎을 꿇은 채 나를 껴안고 말했다. "두현아, 그냥 형이 조금 먼저 간 것뿐이야. 괜찮아." 울음이 반 이상 섞인 목소리였다. 그게 처음이자 마지막으로 본 할아버지의 우는 모습이었다.

시간이 지나 내가 웬만큼 컸을 때, 할아버지는 병에 걸려 중환자실에 누웠다. 이런저런 핑계로 그가 세상을 떠날 때까지 겨우 서너 번 병원을 찾았다. 할아버지의 장례식은 형의 장례식만큼 무겁지 않았다. 나도 엄청 슬퍼하지는 않았다. 그래도 할아버지는 인생을 채운 사람이었다.

길거리 인터뷰를 시작한 지 1년쯤 지났을 무렵에 노인을 집중적으로 섭외해 보라는 선배 인터뷰어들의 조언을 들었다. 내 인터뷰 중에 노인 이야기가 좋은 게 많다는 이유였다. 어르신들을 섭외하기는 어려웠지만 일단 대화가 시작되면 깊은 이야기가 나왔다. 살아온 시간과 이야기의 깊이가 비례하는 듯했다.

여름날 뚝섬유원지에서 자전거를 타다 잠시 쉬고 있는 어르신을 만났다. 그는 노란색 두건을 쓰고 있었고 온몸이 땀에 젖어 있었다. 건강미가 흘러넘치는 할아버지였다. 요즘 어떨 때 가장 행복한지, 고민이 무엇인지 물었다. 신기했다. 어르신은 내 질문들에 다 다른 말로 응했지만 어떤 대답이든 결국엔 손주 이야기로 맺어졌다. 요즘 자전거 타는 게 낙인데 체력이 좋아지는 걸 체감한다, 덕분에 손주놈이랑 놀 때도 덜 힘들어서 좋다. 손주 녀석이 뭔가를 처음으로 해내는 걸 바라볼 때 가장 행복하다. 고민은 노후를 위한 충분한 준비가 되어 있지 않다는 건데 그것이 손주를 키우는 데 방해가 될까 걱정이다…….

나는 손주가 생기는 게 어떤 기분이냐고 물었다. 할아버지는 은퇴를 하면 주변 사람들이 모두 떠나고 남는 건 손주가 유일하다고 했다. 그래서 소중하다고 했다. 집안의 가장 어른이지만 신기하게도 가장 어린 손자와 대화가 제일 즐겁고 잘 통한다고도 했다. 사람이 나이가 들면 아이 같아진다는 말씀도 덧붙였다.

인터뷰를 마치고 그 자리에 가만히 앉아 나의 할아버지를 떠올렸다. 나는 고등학교에 입학한 즈음부터 할아버지를 떠올릴 때마다 작지만 선명한 후회를 느꼈다.

그런데 뚝섬 어르신의 이야기를 듣고 나니 안도감이
들었다. 어린 날의 나를 대할 때는 할아버지도 아이
같았을지 모른다.

할아버지 집 마루에 누우면 오래된 가구 냄새가
났다. 햇볕이 들어와 적당히 따뜻했다. 한편에 자리한
작은 텔레비전에서 철 지난 외국 영화가 너무 시끄럽지도
조용하지도 않은 소리로 나왔다. 창문 틈새로 아쉽지 않은
만큼의 바람이 불었다. 창문 밖 목욕탕 굴뚝에서 새하얀
연기가 아주 천천히 뿜어져 나왔다. 그 풍경을 바라보고
있는 것만으로 좋았다. 그 느낌은 '부산'이라는 이름에
스며들어 나는 항상 부산이 따스할 거라고 상상한다.
이제 나는 할아버지가 소주에 타 먹던 게 사이다가
아니라 토닉워터라는 걸 안다. 삶의 어떤 부분은 영영
되돌리지 못한다는 것도.

(온전히 듣기)

　　시간이 지날수록 낯선 사람에게 말을 거는 일도
익숙해졌다. 여전히 거절당하는 건 쉽지 않았지만 적어도
섭외 자체가 두려워 한 시간씩 배회하는 일은 줄어들었다.
제법 과감하게 사람들에게 말을 걸었다. 자연히 내가
해낸 인터뷰가 쌓였다. 그러나 선배 인터뷰어들에
비하면 실력이 턱없이 부족했다. 다들 '좋아요'가 수천
개씩 달리는 콘텐츠를 잘만 만드는데 나에겐 그런 대박
인터뷰가 한 건도 없었다. 욕심이 나서 팀원들에게 조언을
구했다. 어떻게 하면 그렇게 '좋아요'를 많이 받을 수
있냐고 물었다.
　　처음 들은 조언은 오래 들으라는 것이었다. 어떻게든

최대한 많은 얘기를 나누라는 말이었다. 휴먼스오브서울은
한두 문단 분량의 편집본만 낸다. 아무리 오래 대화를
나눴어도 마찬가지다. 이렇게 저렇게 흘려 둔 내용들을
조합해서 짧게 써야 했기에 꼭 편집이 필요했다. 조언은
그 한 문단을 위한 재료를 많이 확보하라는 의미였다.
이 조언에는 나의 부족함이 전제돼 있었다. 나는 인터뷰
현장에서 그때그때 이야깃거리를 골라내는 일을 아직 할
줄 몰랐다. 어떤 인터뷰어는 짧은 인터뷰를 해도 이야기의
초점을 어디에 맞춰야 할지가 보이고 어떻게 편집해야
할지까지 그려진다고 하는데, 나와는 먼 얘기였다. 집에
와 인터뷰 녹음본을 듣고 몇 날 며칠을 고민한 후에야 이
인터뷰의 주제를 어디에 둘지 깨닫곤 했다.

　　팀원들의 조언을 들은 이후 인터뷰 현장에서 대화를
오래 끌었다. 계속해서 꼬리를 물면서 질문했고 많이
들었다. 사소해 보이는 대답도 어떻게 쓰일지 알 수 없다는
생각에 모두 기록했다. 늦은 밤 집에 돌아와 컴퓨터로 녹음
파일을 옮기고 모든 내용을 워드에 펼쳤다. 인터뷰 현장을
거의 그대로 재현한 문서 위에서 탐색하고 고민했다.
현장에서 포착한 상대의 심정이나 기분이 집에 와
인터뷰를 텍스트로 풀어놓고 다시 볼 때는 완전히 다르게
느껴지곤 했다. 인터뷰를 마친 직후 '아, 이번 인터뷰는 영

내용이 없네, 망했다' 싶었던 것도 내용을 편집하다 보면
신선한 이야기로 재구성되는 경우가 많았다.

오래 들으라는 말은 아직 인터뷰어로서의 실력이
부족하기 때문에 주어진 조언이었지만, 나는 얼마 지나지
않아 그 말을 진리처럼 받아들였다. 인터뷰를 길게 진행한
뒤, 즉 소재를 최대한 많이 발굴한 뒤 편집에 긴 시간을
쏟아 매력적인 이야기를 만들어 내는 경험이 반복됐다.
30분 이상 인터뷰를 해낼 때면 여기서 좋은 콘텐츠가
나오지 않을 수 없다고 확신했다. 긴 인터뷰를 편집할
때마다 수많은 레고 조각들을 펼쳐 놓고 블록을 결합하듯,
이 이야기와 저 이야기를 맞춰 보며 글을 써 나갔다.

그즈음 첫 회사에 취직했다. 교육 스타트업이었는데
휴먼스오브서울 경력을 좋게 봐 줬다. 회사 사람들도
휴먼스오브서울을 잘 알고 있었다. 콘텐츠 에디터가 된
나는 동료나 수강생의 이야기를 인터뷰 콘텐츠로 풀어내는
일을 맡았다. 나는 이 업무를 직장에서 나를 증명할 절호의
기회로 여겼다. 사람을 인터뷰하고 글로 써내는 일에
자신이 붙기 시작한 무렵이었다.

내 생에서 흔히 볼 수 없었던 자신만만한 표정으로
사람들을 인터뷰했다. 업무를 위한 인터뷰에서도

길거리에서 했듯 이런저런 질문을 했다. 최대한 많이 듣는
게 좋은 콘텐츠를 만들기 위한 조건이었기 때문에 주제와
상관없어 보이는 얘기도 많이 물었다. 하루는 인터뷰
대상이 된 동료가 고개를 갸웃하며 물었다. "이런 것도
물어보는 거예요?" 나는 그런 질문을 할 줄 알았다는 듯
대답했다.

　"　그　　　그 그　　그런 게 콘텐츠를 풍부하게
만들어 줘요."

　회사에서는 편집의 힘이 좀 더 필요했다. '회사
홍보'라는 목적을 이루어야 했으니까. 그런 식으로
인터뷰 콘텐츠를 몇 개씩 만들어 내던 날이었다. 동료가
불안한 얼굴로 나에게 다가왔다. 얼마 전 내가 인터뷰한
수강생에게서 메일이 왔다고 했다. 화가 많이 난
말투라고 했다. 긴장하며 수강생이 보낸 메일을 확인했다.
자신의 의도가 왜곡되어 인터뷰가 나왔고 그 점이 심히
불쾌하다는 내용이었다. 머릿속의 모든 생각이 한순간
멈춘 듯했다. 땀이 나고 손이 좀 떨렸다. 늘 하듯 인터뷰
내용을 모두 풀어놓고 편집했을 뿐인데 왜곡이라니,
불쾌하다니? 곧바로 내가 쓴 내용이 전부 사실이라는
답장을 보냈다.

오래 걸리지 않아 답장이 왔다. 내가 쓴 내용
하나하나는 사실이지만 상관없는 이야기들을 이어 붙여
전혀 새로운 메시지로 만들어 버렸다고 했다. 특히 그
수강생이 화가 난 건 내가 임의로 부여한 의미였다. 글을
더욱 풍성하고 유익하게 만들기 위해 그가 말한 사실에
그가 말한 적 없는 의미를 녹여 냈었다. 부랴부랴 인터뷰
콘텐츠를 수정해서 수강생에게 보냈지만 이미 기분이 상한
그는 인터뷰 발행 자체를 취소해 달라고 했다.

어떻게든 수강생을 설득해 콘텐츠를 발행하고
싶었지만 그는 이미 마음을 닫은 듯했다. 좀 억울한 마음이
들었다. 아무리 그래도 자신의 이야기를 더욱 멋들어지게
만들어 준 건데 그게 그렇게 화낼 일인가 싶었다. 자신이
매력적으로 보이는 콘텐츠가 나가면 좋은 거 아닌가?
내가 완전히 재구성한 자신의 인터뷰를 읽고 "내가 말한
거 맞아?"라며 나를 보고 마법을 부렸다고 반기는 동료도
있었다. 그 수강생이 유난스럽다고 생각했다.

오래 들은 이야기를 긴 시간 고민해 멋진 편집안으로
구성해 낼 때면 기분이 좋았다. '캬, 이걸 또 이렇게
풀었네'라며 자화자찬을 하기도 했다. 고백건대 콘텐츠
에디터인 나는 그 쾌감에 길들여져 있었다. 그게
잘못이라는 건, 오래 들으라는 조언에는 상대의 이야기를

온전히 받아들여야 한다는 전제가 깔려 있다는 건 시간이
지나고서야 알았다.

　같은 실수가 휴먼스오브서울에서도 일어났다. 어느
날 멘토 인터뷰어가 내가 새로 작성해 온 편집본과 인터뷰
전문을 번갈아 보다가 말했다. "이분이 이 의도로 말한
게 아니지 않아요?" 그의 지적은 타당했다. 나는 "하지만
제가 한 방식으로 써야 이야기가 살아요"라고 답했다.
멘토는 단호하게 이건 안 된다고 했다. 지극히 당연한
이유를 붙이며 그가 말했다.

　"그건 두현 님의 얘기지, 이분의 얘기가 아니잖아요."

　내가 제멋대로 편집해서 만들어 낸 이야기는
매력적이었다. 사람들에게 좋은 반응을 얻기도 했다.
하지만 그 성공 뒤에 남는 건 오로지 나 자신뿐이었다.
인터뷰 상대의 이야기가 멋진 게 아니라 내 편집이 멋있는
거였다. 인터뷰를 작성한 뒤 내가 느껴야 할 감정은 '이
사람의 이야기를 잘 전달했다'는 실감이었는데, 나는
'내가 이야기를 잘 썼다'라는 자부심만 느끼고 있었다. 그
사실을 깨닫는 순간 섬뜩했다. 나는 매력적인 콘텐츠를
만드는 데에 집착해 인터뷰이를 도구로 쓰고 있었다. 세상
사람들의 살아가는 얘기를 온전히 보여 주겠다는 시작의

다짐은 까맣게 잊은 채. 이대로 가다간 어딘가에서 길을 잃을 게 분명했다.

서울역에 다시 갔다. 휴먼스오브서울 지원을 위해 갔던 첫 인터뷰 장소 말이다. 거의 3년 만이었다. 첫 인터뷰를 하던 그때 나는 긴장했고 겨우겨우 섭외한 사람들이 해 주는 말을 한 마디라도 놓칠세라 온 힘을 다해 들었다. 그 끝에 얻은 이야기는 하나하나가 보물 같았다. 감히 내가 손을 대도 될까 싶을 만큼, 내게 이야기를 들려준 그 사람을 은인으로 생각할 만큼.

낯선 사람에게 자신의 이야기를 나눠 주는 건 낯선 사람에게 다가가 질문을 던지는 것만큼, 아니 그보다도 어려운 일일지 모른다. 엄청난 용기가 필요한 일일 수도 있다. 세상이 나를 어떻게 볼지 알 수 없고, 또 있는 그대로 이해해 주지 않을지도 모르기 때문에.

어떤 인터뷰든 그 엄청난 불안을 뚫고 나에게 온 이야기들이라는 점을 되새겼다. 남의 이야기를 듣고 글을 쓰는 사람은 진실해야만 하는 것이다. 그런 생각을 하면서 하염없이 서울역을 걸었다.

(정규 멤버
분투기)

휴먼스오브서울은 사이드 프로젝트 팀이기
때문에 다들 본업 외의 시간을 쪼개 이 활동을 한다. 늘
우선순위가 밀리는 일이며, 누구도 많은 시간을 쏟기는
어렵다. 수익을 추구하지 않으니 보상이랄 것도 없고
활동을 강제할 수도 없다.

이런 특징들을 보면 팀이 되는 대로 대강대강 돌아갈
듯하지만 그렇지 않다. 사이드 프로젝트임에도 단단한
체계를 갖추고 있다. 나는 인터뷰어니까 인터뷰어의
입장에서 말해 보겠다. 인터뷰어로서 처음 합류하면
멘토를 배정받는다. 멘토는 선배 인터뷰어로, 신입
인터뷰어의 길거리 인터뷰를 코칭하고 편집본을 첨삭하는

일을 맡는다. 퀄리티 높은 인터뷰를 꾸준히 생산해 내려면 훈련의 과정이 필요하다. 신입 인터뷰어는 멘토에게 훈련을 받으면서 어떻게 하면 인터뷰를 잘할 수 있고 좋은 콘텐츠를 만들어 낼 수 있는지 배운다. 인터뷰 현장에 함께 나가기도 하고 실제로 나눈 대화를 모두 문서로 옮겨 검토받기도 한다. 검토 과정에서 멘토들은 어떤 타이밍에 어떤 질문을 던졌으면 좋았을지 말해 준다. 또 편집본을 보고 A-B-C-D가 아니라 B-A-C-E의 내용과 순서로 글을 쓰면 훨씬 더 흥미로울 거라는 식의 조언을 해 준다.

실력이 일정 수준까지 올라온 주니어 인터뷰어는 정규 멤버가 되기 위해 미션을 수행해야 한다. 그중 하나는 '좋아요'가 1,000개 이상 되는 인터뷰를 세 건 이상 만드는 것이다. 이런 체계가 있기 때문에 휴먼스오브서울은 10년 넘게 콘텐츠 퀄리티를 유지할 수 있었다. 또한 휴먼스오브서울은 멤버 한 명 한 명이 크게 부담을 가지지 않으면서도 꾸준히 활동하도록 적정 인원을 유지 관리하고, 공백 없이 콘텐츠를 생산할 수 있도록 인터뷰어-포토그래퍼-번역가로 이어지는 업무 프로세스를 체계적으로 구축했다.

이런 시스템 위에서 나는 낙제생이었다. 안타까울

만큼 늦게 정규 멤버가 된 케이스였다. 내가 팀에 합류할
때 함께 들어온 멤버는 다섯 명이었다. 나를 제외한
모두가 3개월, 5개월 만에 정규 멤버가 됐다. 나는 1년이
지나도록 정규 멤버가 되지 못했다. 실력이 부족해서였다.
내가 쓴 인터뷰 중 좋은 반응을 얻은 편이 별로 없었다.
독자에게도 그랬지만 팀 멤버들에게도 마찬가지였다.
감이 없는 건지 노력이 부족한 건지, 애써 길거리로 나가
가져온 이야기들은 하나같이 어딘가 아쉬웠다. 멘토에게
수없이 피드백을 받았다. 내가 만든 콘텐츠는 단번에
통과되는 법이 없었다. 힘들여 쓴 글을 처음부터 다시 써야
하는 일이 허다했기 때문에 늘 버거웠다. 결과물에 좋지
않은 피드백을 받으면 크든 작든 상처를 받았다. 거듭해서
상처를 받는데 나아지는 건 없는 시간이 계속됐다.
매일매일 상처받으며 인터뷰를 하고 글을 쓰고 있으니,
그런 고역이 없었다. 실력이 늘고 있다는 감각이라도
있었다면 그나마 위안이 됐을 텐데, 도무지 희망이 없어
보였다(과장이 아니라 진짜 그 정도였다).

　　10년 가까이 지난 지금, 그때부터 함께해 온 동료들은
당시를 회상하며 말한다. "제가 두현 님이었으면 진작에
그만뒀을 거예요." 정규 멤버가 되기 위한 나의 고군분투는
남들 눈에도 험난했던 것이다. "어떻게 그 시간을 헤쳐

왔는지 대단해요." 이렇게 말해 준 동료도 있다. 그럼에도
그때의 나는 포기하지 않았다.

　나로서는 이 일을 포기해 버리는 그림은 그려지지가
않았다. 내가 처한 어려움을 현명하게 풀어 나갈 방법도
분명 있었을 테지만, 당시에는 그저 꾸역꾸역 버티는
수밖에 없다고 생각했다. 피드백을 한 번 받으면 두 번
세 번 더 머리를 쥐어짜서 다른 안을 가져갔다. 멘토와
편집장님께 아쉬운 소리를 들으면 그 피드백을 제대로
이해하지도 못했으면서 다시 노트북을 켜고 뭐라도 다르게
썼다. 피드백을 받은 뒤 상처를 안고 새로운 글을 쓰는
고역의 시간이 익숙해질 만큼 반복됐다.

　이럴 수 있을까 싶을 정도로 어려웠던 밤이 여러
번 지났다. 시간은 흘렀고 비정규 멤버로서 써낸 글들이
하나둘씩 사람들의 눈길을 끌었다. 그중 젊은 시절 어려운
시간을 버텨 지금에 이른 어르신의 인터뷰에 1,000개가
넘는 '좋아요'가 눌렸다.

　"제가 올해 77세인데, 젊은 시절을 아주 어렵게
　보냈어요. 남산에서 노숙 생활도 했고, 새벽 신문 배달로
　입에 풀칠만 겨우 했죠. 아무런 잘못도 안 했는데
　불순분자로 몰려 집단 폭행을 당한 적도 있어요. 지금도

이마랑 발목에 선명한 흉터가 남아 있지요. 그래도
이래저래 힘든 날들을 꾸역꾸역 이겨 내고 나니 해 뜰
날이 찾아오긴 하더라고요. 검정고시 출신이고 대학도 못
나왔지만, 이 악물고 시작한 사업이 성공해서 자수성가
사업가라고 불리기도 했죠. 그래서 제게 아내가 생기고,
아이를 낳고 하는 일들이 하나같이 감격스러웠어요.
큰아들이 며느리를 처음 데리고 온 날도 기억나요.
며느리가 부모님도 안 계시고 대학도 안 나왔다고
하더라고요. 처음에는 아내가 반대했어요. 어떻게 사돈도
없이 결혼을 하냐는 말이었죠. 하지만 저는 그게 전혀
문제로 보이지 않았어요. 저도 아무것도 없었지만 이렇게
떳떳하게 성공했으니까요. 결국 집사람도 제 고집을 꺾지
못했죠. 손주가 생겼을 때는 어찌나 감격스럽던지 출생
기념으로 경북 청송에 어려운 사람들이 쉬어 갈 수 있는
쉼터도 지었답니다. 이 모자랑 목도리도 우리 맏며느리가
사 준 거지요."

이 인터뷰에 하나하나 가슴에 새겨 두고 싶은
댓글이 달렸다. 그리고 마침내 이 인터뷰를 계기로 나는
휴먼스오브서울의 정규 멤버가 되었다.
　가장 늦게 정규 멤버가 된 나였기에 모든 멤버들이

모인 자리에서 박수갈채를 받았다. 날씨가 좋던 날 함께 갔던 한강 피크닉에서였는데 정말 기뻐서 마음껏 웃었던 기억이 난다. 휴먼스오브서울에 합류한 지 1년이 훌쩍 지난 시점이었다. 나의 인터뷰 실력도 편집 실력도 아주 천천히, 하지만 분명히 늘고 있었다.

청산유수
모먼트

모든 일이 그렇듯 내 말 더듬도 괜찮아졌다가
심해졌다가 한다. 한 마디도 떼기 힘들어하다가 어떨 때는
물 흐르듯이 말한다.

말이 잘 나오는 순간을 되새기다 보면
혼란스러워진다. 마음이 편할 때 말을 안 더듬는 게
아니어서다. 말 더듬을 고치기 위해선 마음을 잔잔하게
만들어야 한다고 배웠다. 일이 생겨도 동요하지 않고
침착할 줄 알아야 말을 더듬지 않을 수 있다고 들었다.
하지만 아무리 마음이 편안해도 말 더듬은 튀어나왔다.
부모님과 있어도, 가장 친한 친구랑 말해도, 어려울 것이
하나도 없는 일상의 대화를 하는데도 말은 잘 안 나왔다.

말 더듬은 내게 굉장히 일상적이고 당연한 거였다. 어쩌다 한 번씩 말을 더듬지 않는 나를 신기해할 만큼('왜 말이 잘 나오지? 신기하다……').

아주 가끔 말이 술술 나올 때가 있었다. 그런 순간을 나는 '청산유수 모먼트'라고 부른다. 청산유수 모먼트를 만나면 잠시 눈을 감고 말을 전혀 더듬지 않는 인생을 머릿속에 그려 보곤 했다. 생각만으로 정말 행복했다. 말을 무리 없이 할 수 있다면 지금보다 훨씬 우아하게 살 수 있을 것이다. 말 더듬으로 생각이 멈추지 않는 것만으로 숨통이 트일 것이다. 음식을 주문할 때 긴장하지 않아도 된다면, 회의에서 내 생각을 주저 없이 말할 수 있다면 훨씬 멋있고 유능한 사람이 될 수 있을 것이다.

청산유수 모먼트를 마주할 때마다 살짝 환희에 젖곤 했지만 이 환희의 순간이 언제 또 찾아올지 알 수 없었다. 정의를 내려야, 그 정체를 알아야 말 더듬 극복의 실마리라도 찾을 수 있을 텐데, 좋은 쪽이든 나쁜 쪽이든 예측할 수 없으니 그저 몸으로 받아 내는 수밖에 없었다. 그런 생각이 들 때면 조금 무력해졌다.

인터뷰어라는 이름은 말더듬이에게 어울리지 않는다. 말을 더듬지 않는 사람에게도 어려운 일인데

하물며 일상적인 대화도 힘들어하는 사람에겐 상상
못 할 어려움인 것이다. 상식적으로는 그렇다, 분명
상식적으로는. 그런데 웬걸, 길거리 인터뷰어로서 나설
때면 오히려 말이 술술 나오는 게 아닌가. 매번 그랬다고는
할 수 없지만 대체로 말 더듬이 확 줄어드는 순간이
잦았다. 청산유수 모먼트의 윤곽이 의외의 지점에서
드러난 것이다.

　"저희는 휴먼스오브서울이라는 길거리 인터뷰
팀인데, 5분만 시간 내주실 수 있을까요?"라는 말로
대화를 시작했고, 예측 못 한 답변이 나와도 크게 더듬지
않고 유연하게 대화를 이어 나갔다("이번엔 좀 다른
이야기를 해 볼까요?"). 물론 핵심을 찌르거나 상대의
마음을 움직이는 질문을 던지는 일은 어려웠지만 어쨌건
말 더듬 때문에 입이 막혀 정적에 잠기는 일은 없었다.

　이해할 수 없었지만 인터뷰어라는 이름으로 나를
소개하고 시작한 대화에서 나는 말을 잘했다. 그럴 때는
흐름을 탄 기분을 느꼈는데 피곤하다가도 힘이 손끝까지
차오르고 몸이 가벼워졌다. 내가 하는 말이 어딘가에
막히지 않고 먹혀들어 간다는 느낌은 너무나 짜릿했다.

　한번은 이런 얘기를 친구 K에게 전했다. 그는 쉬운
얘기라는 듯이 말했다.

"네가 주도권을 쥐어서 그래."

주도권이라…… 축구 경기에서나 듣던 말을 이 대목에서 들으니 좀 생소했다.

곰곰 생각해 보니 길거리 인터뷰에는 그런 속성, 즉 인터뷰어가 주도권을 잡을 수밖에 없는 속성이 있었다. 인터뷰가 성립되는 상황 자체가 그랬다. 길거리 인터뷰를 위해 인터뷰어는 지나가던 사람을 무작정 붙잡고 말을 건다. 지나가던 행인은 준비되지 않은 채로 인터뷰에 임하게 된다. 인터뷰어는 자신이 그를 붙잡아 세운 이유가 무엇인지, 이 인터뷰는 무엇을 위한 것인지 설명한다. 그리고 준비한 질문을 던진다. 길거리 인터뷰는 인터뷰어가 설계한 상황이므로 인터뷰어가 주도할 수밖에 없는 것이다.

그 자리를 완전히 내가 이끌고 있다는 주도성. 그게 말 더듬을 일시적으로 고쳐 줬구나 싶었다. 이로써 많은 게 설명되는 듯했다.

"나 말 더듬는 거 있잖아. 그럼 그것도 내가 주도권을 쥐지 못한 채 살고 있어서 그런 거 아닐까?"

K에게 물었다. K는 "글쎄, 잘 모르겠는데"라고 중얼거릴 뿐이었다. 그러든 말든 나는 좀 흥분해서 비슷한 말을 되풀이했다.

내가 내 삶의 주도권을 쥐지 못하고 있다는 사실이 명백한 실감으로 파도처럼 다가왔다. 그런데도 기분이 나쁘지 않았다. 오히려 "이제부터 주도권을 잡아 나가면 되겠네! 그러면 말 더듬도 고쳐지겠네!" 외칠 수 있어서 기뻤다. 말 더듬이라는 문제가 반 정도는 이미 해결됐다는 가뿐함마저 들었다. 결코 사소하지 않은 원인이었고, 원인을 알아냈다는 건 문제를 반쯤은 해결했다는 의미와 다름없으니까.

내 인생인데 주도권이 내게 없다면 대체 누구한테 있을까. 주도권이 나에게 없다는 실감은 확실했는데 그게 누구에게 있는지는 답을 내기 어려웠다. 수많은 사람이 각자의 상황에서 나보다 한발 앞서, 혹은 나보다 훨씬 위에서 이리저리 주도권을 쥐고 흔들어 온 것 같았다. 정확히 말하자면 빼앗긴 게 아니라 내가 알아서 주도권을 가져다 바쳐 온 듯한 느낌이었다. 왜? 나는 말을 더듬는 사람이고 어떤 상황이든 말더듬이가 주도한다는 건 좀 어울리지 않으니까. 만일에라도 내가 나서면 그 순간 주변에 민폐를 끼치는 꼴이 되니까. 마땅히 내가 결정하고 이끌어야 하는 일임에도 "주도해 주세요. 제발요"라는 듯 고개 숙인 내가 살아온 발걸음 곳곳에 있었다.

엉터리로 하든 얼렁뚱땅하든 인터뷰어라는 직함을

달고 나왔다면, 인터뷰하자고 제 갈 길 가던 사람을
붙잡았다면 그 자리를 주도하는 건 내가 아닐 수 없었다.
말더듬이인 내가 길거리 인터뷰를 하면 엉망진창인 상황이
펼쳐지리라 우려했는데 그 무게감이 오히려 어떤 효과를
발휘해 말 더듬을 멈추었다.

　　똑똑한 K는 막 혼자 흥분해 떠드는 나를 보고 말했다.

　　"세상일이 뭐 원래 그런 거지. 시작하기 전에는 엄청
막막한데 막상 해 보면 생각보다 쉬워. 뭔가 해냈다는
마음에 엄청 들뜨기도 하고 성취감에 취하기도 해.
그러다가 또 더 깊은 곳에서 벽을 만나게 돼서 좌절하고 뭐
그런 거지."

　　K의 말을 듣고 고개를 끄덕였다. 속으로는 절반만
믿고 싶었다.

　　'어차피 앞으로도 성장해 나가야 하고, 그래서 내 삶의
주도권을 갈수록 단단히 쥐게 될 거잖아. 말 더듬도 나아질
일밖에 남지 않았을 거야.'

　　이렇게 생각하니까 세상의 많은 부분이 희망으로
채워진 듯 보였다. K의 말처럼 또다시 좌절에 빠질 수도
있겠지만 그 순간만큼은 미리 걱정하고 싶지 않았다.

책에서도 영화에서도
느껴 본 적 없는

어떤 사람들은 인터뷰어가 내 본업이고 밥벌이인
줄 안다. 오해를 살 법도 하다. 취미로 하는 것치고는
너무 많은 시간과 에너지를 쏟으니까. 이 일의 특성상
취미라기엔 어딘가 너무 일 느낌이 나니까. 오랜만에 만난
사람들은 "요즘 무슨 일 해? 아직도 그 휴먼스…… 그거
하나?" 라고 많이들 물어본다. 휴먼스오브서울을 뉴미디어
스타트업 정도로 생각하는 것이다. 물론 꽤 큰 채널이다.
현재 구독자는 도합 15만 명 정도다. 지금까지 1,600개가
넘는 인터뷰를 발행했다.

내가 아, 아니라고, 그건 사이드 프로젝트라고, 취미로
하는 거라고 대답하면 친구는 "꽤나 열심히 하지 않아?"

되묻는다. 나는 그렇다고 말한다. 쉬는 시간을 많이 반납하고 있다고. 주말이면 길거리로 나가거나 편집을 한다고. 그러면 이 질문이 꼭 돌아온다. "페이는 받는 거야?"

나는 길거리 인터뷰를 하면서 돈을 받지 않는다. 팀에 돈을 받고 이 일을 하는 사람은 없다. 채널 자체가 수익을 내지 않기 때문이다. 광고를 해 본 적도 없고 광고를 유치한 적도 없다. 그게 이 프로젝트의 시작부터 지켜온 기조 중 하나였고, 당연히 나도 동의했기 때문에 일원이 됐다. 앞으로도 절대 돈을 벌지 않겠다는 신념이 있는 건 아니다. 다만 휴먼스오브서울은 돈을 목적으로 삼지 않겠다는 생각이 분명한 팀이다. 이 일을 함으로써 특히 이득을 얻는 사람이 있는 것도 아니다. 누가 시킨 적도 없고 강요도 한 적 없지만 다들 대가 없이 이 일을 한다.

그러면 친구는 묻는다. "아, 그렇구나. 그런데 그럼 그거 목적이 뭐야? 뭐길래 주말까지 반납해 가면서 해?"

맞다. 시간과 에너지를 쏟는 일에는 타당한 목적이 있어야 마땅하다. 왜 하는지 정립되지 않은 일은 갈수록 방향이나 힘을 잃는 법이니까. 나는 이 활동에 대단한 자부심을 가지고 있다. 그런 질문을 받으면 급한 성격까지 더해져 발끈하게 된다. 우아하고 멋들어지게 대답하고 싶은데 딱히 대답할 말을 찾지 못하고 만다. 설명하기가 쉽지 않다. 낯선 사람들의 이야기를 담아 내보내는 게 어떤 의미가 있는 걸까? 돈을 버는 게 아니라면 말이다. 뭔가 마음이 계속 시켜서, 안 할 수 없는 느낌이어서 계속하는데 머리로는 이 의문을 안고 있었다. 나는 이 일을 왜 이렇게 오랜 기간 하고 있는 건가. 아무리 생각해도 납득이 가는 답을 찾기가 어려웠다. 어딘가 멋있어 보이긴 하지만 구체적으로 어떤 가치를 누구에게 주는지 찾아낼 수가 없었다.

그 답이 저 끝에서부터 희미하게 보이기 시작한 건 어느 가을날이었다.

전날 저녁 팀 동료가 인터뷰하고 내가 편집을 도왔던 글이 발행됐다. 아침에 출근하면서 읽었는데 이야기가 정말 좋았다. 짧은 글이었지만 독자의 마음에 불을 켤 수 있는 콘텐츠였다. 반응도 좋았다. 수천 명이 '좋아요'와 댓글을 남기고 있었다. 사랑 이야기였는데, 읽는 것만으로 애틋하고 설레는 로맨스였다. 특히 마무리가 좋았다. 제작자에게 독자들 반응이 뜨거운 것만큼 기분 좋은 일도 없다.

"올해 초에 모르는 남자랑 나란히 길을 걷는 꿈을

114

꿨어요. 취업 준비로 힘들 때였는데, 저한테 괜찮냐고
묻는 거예요. 그 말에 괜찮다고 답했을 뿐인데 위로를
받는 느낌이었어요. 꿈에서 깨고 그 남자가 누구였더라
떠올려 보니 3년 전에 인턴 프로그램에서 같이 일했던
남자였죠. 이후로는 한 번도 만난 적 없었는데 꿈에
나온 거예요. 궁금해져서 SNS에다가 이름을 쳐 봤는데
찾아지더라고요. 작은 문화예술 공간을 운영하고 있었죠.
다짜고짜 메시지를 보냈어요. '저 기억하시나요. 오늘
꿈에 그쪽이 나와서 연락드려요'라고요. 답이 왔는데
자기 공간에 놀러 오라고 하더라고요. 그래서 갔죠.
'진짜 찾아올 줄 몰랐다'고 하더라고요. 나중에 들었는데,
제가 나타났을 때 기분이 되게 이상했대요. 발바닥이
찌릿찌릿하다고 했었나. 저도 그랬어요. 같이 밥을 먹게
됐는데, 새우 머리를 남기길래 '머리 제가 먹어도 돼요?'
이랬거든요. 그러곤 남자가 웃는 모습을 보는데 뒤통수를
맞은 기분이 들더라고요. 묘했어요. 그렇게 만나게
됐어요."
"엄청난 우연이네요."
"신기하죠. 저도 그래요. 처음 알았을 때는 친하지도
않았고, 이후로는 연락도 한 번 없었으니까요. 그런데
이상하게 저는 그 사람과 계속 연결돼 있었다는 기분이

들어요. 3년 전 인턴 프로그램을 같이할 때 그분이 제
마니또였어요. 선물로 언니네이발관의 CD를 받았죠.
그리고 그 음악이 제게 남아 위로가 되어 줬거든요. 그
순간부터 쭉."

내가 언니네이발관을 좋아해서 더욱 그랬는지
이 이야기가 무척 생생하게 다가왔다. 출근길 만원
지하철에서 사람들에 치이면서도 읽고 또 읽었다. 그러다
지하철이 목적지에 도착했고 휴대폰을 주머니에 집어넣고
내렸다. 역 밖으로 나가자 깨끗한 햇살이 얼굴을 비췄다.
세상이 갑자기 더 아름다워 보였다. 아주 예쁜 영화를 보고
영화관 밖으로 나오면 세상이 너무 예뻐 보이는 것처럼.

기분에 따라 세상이 다르게 보이곤 한다. 내가
걱정하면 세상도 걱정하는 것 같고 내가 기쁘면 세상도
기뻐하는 것 같다. 어느 쪽으로든 기분이 치우칠 때면 항상
그랬다. 사춘기 이후 20대까지의 내 인생을 떠올려 보면
세상은 조금 우울한 날이 즐거운 날보다 많았다. 내 눈에는
부정적인 광경이 더 잘 보였고, 내 귀에는 나쁜 소식이 더
많이 들렸다. 나는 축 처져 있는 게 당연한 것처럼, 산뜻한
기분은 원래 드문 것처럼 인생을 살고 있었다.

나이가 들수록 내가 자주 우울해하는 건 내게 특히
나쁜 일이 많이 생겨서가 아니라는 걸 알 수 있었다. 남과
같은 일을 겪더라도 그걸 불행하게 받아들이는 습관이
있다는 걸 알 수 있었다. 행복한 마음으로 세상을 바라볼
줄 아는 사람, 그러니까 결국 행복해할 줄 아는 사람이
행복할 수 있었다. 행복은 선택이었다.

그런 내게 이야기는 어쩌면 구원일지 몰랐다.
아름다운 이야기는 세상을 보는 내 눈을 조금 더 행복하게
만든다. 슬픈 이야기면 어떡하냐고? 진심 어린 이야기는
슬픔을 안고 있더라도 삶을 조금 더 이해하도록 돕는다.
아무리 슬프고 끔찍한 이야기라도 공감할 수 있다면
세상을 더 담담하게 또 아름답게 바라보는 데 도움을 준다.

게다가 길거리 인터뷰에서 만나는 이야기들은 픽션이
아니라 무려 현실이다. 배우가 아니라 우리가 길거리에서
맨날 보는 사람들의 이야기다. 작가의 작품이 아닌 진심이
담긴 그대로의 이야기. '감동 실화'보다 백배는 극적인
무엇.

휴먼스오브서울의 열성 독자라면 나 같은 시선을
조금은 품고 있지 않을까? 거리의 사람들을 무심히
바라보기보다 한 명 한 명이 마음속에 진심 어린 이야기를
품고 있다고 상상하는 시선 말이다. 모두가 각자의 사정과

역사 위에서 행복해지기 위해 노력하고 있다는 걸 믿는 마음 말이다. 현실에 치이고 자주 꺾이는 나지만 가끔 만나게 되는 진심 어린 이야기들이, 차가워 보이는 사람도 아름다움을 품고 있을 거라는 실감이 내게 얼마나 위로가 됐는지 모른다.

늦은 밤 책상 앞에 앉아서 수년간 우리 팀이 쌓아 온 인터뷰들을 하나하나 읽은 날이 있었다. 몇 시간이고 멈추지 않았던 전율을 기억한다. 끊임없이 차올랐던 울컥거림을 기억한다. 어떤 책에서도 영화에서도 노래에서도, 나는 그런 기분을 느껴 본 적 없다.

3장

어느 순간
갑자기가 아니라
아주 조금씩

(도망치지만 마)

"그거 말 더듬는 왕에 대한 영화래. 한번 봐 봐."

그해 아카데미 시상식에서는 영화 〈킹스 스피치〉가 오스카상을 휩쓸었다. 친구 P가 전화해서 내게 그 영화를 권했다. 나는 영화를 정말 좋아한다. 한 달 내내 하루에 한 편씩 본 적도 있다. P는 당연히 내가 그 영화를 좋아할 거라고 생각했을 테지만 나는 시큰둥하게 반응했다. 영화가 말더듬이를 잘 표현했든 못 했든 보기 불편할 것 같았다. 잘 표현하지 못하면 억울할 것이고 너무 잘 표현하면 벌거벗겨진 느낌일 것이다. 어느 쪽이든 마음 저리기는 마찬가지일 듯했다. 영화를 보지 않았다.

수년이 지나 〈킹스 스피치〉라는 제목을 다시 들었다.

한 TV 프로그램에서 그 영화를 다루고 있었다. 멍하니
채널을 돌리던 나는 멈췄다. 한 장면이 내 눈을 가득
채웠기 때문이다. 말더듬이 주인공이 수많은 관중 앞에서
연설하는 장면이었다. 주인공은 연설 시작 전에 연습을 몇
번이나 했다. 단상에 올라가면서도 계속 심호흡을 했다.
마이크 앞에 서자 수천 명의 관중이 주인공을 바라봤다.
눈빛 하나하나가 주인공을 압박하는 느낌이었다. 보는
나도 숨이 막히고 이마에 땀이 맺혔다. 마침내 주인공이
입을 열었지만 말은 목구멍을 채 넘기지 못하고 막혔다.
몇 번이고 했던 연습도, 깊은 호흡도 순식간에 무용지물이
됐다. 그를 지켜보던 사람들이 고개를 숙였다. "말더듬이의
심리 묘사가 탁월한 작품입니다." 진행자가 설명했다.

　　홀린 듯 프로그램을 끝까지 보고 나서 영화를 찾아
처음부터 보기 시작했다. 주인공이 어떻게 될지 궁금했다.
그가 절망에 빠지는 모습은 보고 싶지 않았다. 그렇다고
신파 영화처럼 역경을 얼렁뚱땅 이겨 내는 모습 또한 보고
싶지 않았다. 말 더듬을 이겨 내는 주인공의 모습이 설득력
있게 펼쳐지길 기대했다.

　　〈킹스 스피치〉는 2차 세계대전 당시 영국의 왕이었던
조지 6세를 다룬 영화다. 그는 말을 더듬는다. 왕자로서
나선 연설에서 간단한 말 한마디조차 해내지 못한다.

"저저는 국왕 폐　　　폐　폐폐……"

　　영화에 빠져들었다. 말더듬이의 심리를 잘 표현한
영화라는 평은 사실이었다. 사람들 앞에 서는 압박감,
겨우 입을 열었는데 첫음절에서 막혀 버렸을 때의 절망감,
모멸감에서 비롯된 분노……. 복합적이고 미묘한 감정이
영상에 충실히 담겨 있었다.

　　국민체조 같은 우스꽝스러운 동작을 하며 말 연습을
하는 장면도 나왔다. 가볍게 웃을 수 있는 부분이었지만 난
웃을 수 없었다. 말더듬이는 진짜 그렇게 하기 때문이다.
과장된 동작은 갇혀 있던 말이 나오도록 돕는다. 실제로
높이뛰기 선수처럼 발을 땅에 내려찍고 살짝 몸을 띄우는
동시에 말을 하면 어떻게 해도 안 나오던 소리가 나오곤
했다.

　　조지 6세에겐 버거운 시험이 끊임없이 주어졌다. 그는
왕위를 포기한 형 때문에 하는 수 없이 왕의 자리에 앉아야
했다. 간단한 대화도 힘들어하는 사람이 누구보다 연설을
잘해야 하는 자리에 오른 것이다. 그의 한마디에 온 국민의
내일이 달려 있었다. 상대는 세기의 선동가 히틀러였다.

　　압박감을 못 이긴 그는 연설 연습을 하다 아내를 앞에
두고 운다. "난 왕이 아니야, 난 왕이 아니야" 하면서.

　　나도 늘 압박과 싸워야 했다. 대학교 입학 면접,

발표를 맡은 수업, 발의자로 나서는 회사 미팅 같은
상황에서 그랬다. 망쳐 버린 날도 많았다. 대학 입학
면접에서는 면접관이 말로 하기 힘들면 글로 써 보라고
해서 면접장에서 펜을 들었다. 그런 날이면 집에 돌아와
책상을 주먹으로 치며 짜증을 냈다. 나서서 말을 해야
할 때면 전과 달라진 것이 아무것도 없는데도 이번엔
다르겠지 하고 기대했다. 대부분의 경우 기대는 무참히
무너졌고 나는 실망했다.

조지 6세는 호주 출신 언어치료사 라이오넬 로그를
만난다. 로그는 조지 6세가 이제껏 만난 치료사들과는
달랐다. 다들 왕의 말 더듬 증상에만 집중했으나 로그는
그가 살아온 이야기에 집중한다. 그는 안짱다리에
왼손잡이라는 이유로 강압적 교육을 받았던 유년 시절이나
말더듬이어서 받았던 상처에 대해 조지 6세가 터놓고
대화해 주길 원했다.

조지 6세는 왕족이었기에 그가 심기 불편해할 만한
말은 누구도 꺼내지 않았지만 로그는 무례할 정도로
능청스럽게 과거의 기억을 끄집어낸다. 조지 6세는 그럴
때마다 발끈하지만 로그는 끄떡도 않는다. 치부를 덮어
두지 않길 바라는 것이다. 그리고 왕위에 오를지 말지
머뭇거리는 조지 6세에게 요구한다. 왕이 되라고. 피하지

말라고.

나도 툭하면 신경질적으로 변했다. 특히 20대 중반이
되어 스스로 해야 하는 일이 많아진 시기에 그랬다.
발표하는 상황을 마주할 때나 스스로 어딘가 부족한
사람이라는 실감이 들 때 짜증을 냈다. 지적을 받고 화가
폭발하기도 했다.

나에게도 어떤 사람은, 정말 몇몇 사람은 로그
같았다. 말 더듬이 심해져 인터뷰에 나가기 싫다고 했을
때 "인터뷰어라면서 그런 말을 하면 어떡해요"라고 했던
회사 동료, "말 더듬이 회피를 정당화해 주진 않는다"라고
말해 준 친구, "아픈 기억을 핑계로 삼으면 한 발도 앞으로
나아갈 수 없어"라고 조언해 준 선배, "징징거려도 되는데
도망치진 마"라고 말씀하신 교수님. 그들의 말이 나를
불편하게 했기에 어떻게든 머릿속에서 지우고 싶었다.
하지만 그 말들은 말 더듬에 관해 내가 들은 어떤 말보다도
오래 남았다.

왜 오래 남았을까. 내 기분을 망친 말이어서? 아니,
나를 한 발짝이라도 앞으로 나아가게 등 떠밀어 준
말이어서 그랬다.

학교 선배에게 형의 얘기를 털어놓은 날이었다. 그
얘기를 하면서 나도 모르게 상대에게 기대한 반응이

있었다. 상대가 좀 숙연해지고 너그러워지길 바랐다. 그런데 그 형은 담배 연기를 한 번 후 내뱉은 뒤에 무심히 얘기했다. "그건 형 얘기고 넌 너잖아. 그 얘길 자꾸 왜 하는 거야?" 나는 발끈해서 "선배가 뭘 안다고 막 얘기해요"라고 말했다.

〈킹스 스피치〉에서 가장 많이 나오는 장면은 조지 6세가 말을 더듬기 시작할 때 청자들이 고개를 숙이는 모습이다. 내게도 익숙한 광경이다. 로그는 그래서 눈에 띄는 사람이었다. 그는 왕이 발끈하거나 순간의 좌절을 겪는 걸 두려워하지 않았다. 단호하게 지적하는 게 극복을 돕는 길임을 알고 흔들리지 않고 왕을 대했다.

결국 말 더듬 때문에 쌓인 왕의 분노가 표적을 찾다찾다 로그에게 향한다. 둘은 멀어지고 왕은 자신만의 슬픔과 좌절 속에 갇힌다. 하지만 다른 언어치료 방법을 구하던 왕은 결국 다시 로그를 떠올린다. 로그가 범한 무례는 자신이 진정으로 말 더듬을 고칠 수 있다고 믿지 않으면 나올 수 없는 것이었다는 깨달음 덕분이다.

불편한 조언이 쌓일수록 내게는 인내나 끈기 같은 것들이 아주 조금씩 몸에 스미는 듯했다. 인터뷰가 통과를 못 하면 될 때까지 붙잡고 밤을 지새웠다. 회사에서 주어진 일을 끝내지 못하면 개인 시간을 써서라도 해냈다. "뭐

그렇게까지 해"라는 말도 들었지만 뭔가를 해내지 못할
때마다 말 더듬에 지는 것 같은 기분이 들어 포기할 수
없었다. 힘들고 괴로울지언정 포기는 안 했다. 도망치지만
않으면 해낼 수 있는 일이 많았다.

영화의 마지막, 조지 6세의 전시 연설이 나온다.
여전히 말 더듬이 남아 있었지만 국민들은 완벽하지 못한
연설에 감화된다. 국민들은 왕이 연설에 갖는 부담의
무게를 알고 있었다. 그만큼 그의 연설에서 진정성을
느꼈다.

내겐 아직 말 더듬을 이겨 내는 날이 오지 않았지만
하루하루 가까워지고 있다고 믿는다. 내 신경질을
무릅쓰고 할 말을 해 준 사람들 덕분에. 물론 내가 대국민
연설을 할 거라는 말은 아니지만.

(있는
그대로)

성격유형 MBTI 검사를 처음 했을 때였다. 내 일상을
되뇌며 수많은 문항에 답했다. INFJ가 나왔다. INFJ가 어떤
유형인지 궁금해 나무위키를 찾아봤는데 상위에 이런
문구가 적혀 있었다. "세계적으로 드문 유형이며 특히
남성에게 가장 희귀한 성격유형이다." 그걸 보는 순간
가슴이 철렁했다.

말을 더듬거린다는 사실 때문에 나는 남들과
구분됐다. 거기에 더해 말 더듬이 걱정돼 최대한 몸을
사리는 모습은 나를 계속 '남자답지 못하게' 만들었다.
군대에서는 말을 더듬고 매사에 긴장하는 모습으로 단숨에
무능한 사람이 됐다. 직장에서 만난 어떤 상사는 내가

외모와 다르게 여성스럽다고 말하며 웃었다. 업무 실수를 저지른 직후라 풀이 죽어 있을 때였다. 기분이 나빴다.

6년 가까이 연애도 못 하고 있었다. 여기서 꼬인 스텝은 저기 가서도 꼬였다. 스스로 남자답지 못하다고 생각하니 나에게 문제가 있어 보였고, 뭘 해도 어색했다. 상대를 앞에 두고 말할 때, 숟가락으로 음식을 떠 입안에 넣을 때, 잠시 일어나 화장실에 갈 때마저도 몸짓이 부자연스러웠다. 이런 의식 자체가 남자다움과 거리가 멀었고 이성에게 매력적일 수도 없었다. 소개팅을 해도 매번 실패였다. 내가 상대방을 마음에 들어 하지 않은 적도 있지만 헤어짐을 아쉬워하는 쪽은 거의 항상 나였다.

그러던 와중에 MBTI 검사를 한 거다. 정말 나에게 문제가 있는 걸까 의심하던 차에, 이 검사가 정말 나에게 문제가 있다고 못을 박는 것 같았다. 너는 이렇게나 드문 성격이야. 네 성격이 이상해서 인간관계가 꼬이고 여러 문제가 생기는 거야, 라고. 좀 웃기게 들릴지 모르지만 INFJ라는 '성적표'를 받아 들고 낙담했다. 인터넷에 쌓여 있는 MBTI 관련 글들을 보면서 한숨을 푹푹 쉬었다. '남자답지 못하게'.

11월, 또 한 번의 소개팅이 있었다. 그날 퇴근 시간다 돼서 미팅이 잡히는 바람에 약속 시간보다 15분이나 늦고 말았다. 서울역 뒤편 만리재 쪽에서 만나기로 했는데, 애매한 날씨에 롱코트를 입은 데다 늦었다는 미안함 때문인지 땀을 뻘뻘 흘리며 소개팅 상대를 만났다.

상대와 마주 앉은 테이블의 폭이 필요 이상으로 넓었다. 주변에 사람이 많아 시끄러웠다. 서로 하는 말이 잘 들리지 않았다. 상대는 "네?" "못 들었어요"라는 말을 되풀이했다. 한번 땀이 나기 시작하면 안정된 상태에서 꽤 오랜 시간을 쉬어야 하는 나는 음식이 나오고 밥을 먹는 동안에도 계속 땀을 흘렸다. 머리를 손질하려고 잠시 화장실을 다녀온 것만 세 번이었다. 안 그래도 어딘가 어색한 나였는데, 가장 부자연스러운 모습을 처음 만난 상대에게 보이고 있었다. 최악이었다. 그 사실이 나를 더 초조하게 했다.

상대가 어떤 사람인지, 내 마음에 드는 사람인지는 생각할 겨를도 없었다. 그가 나를 무례하다고 생각하지나 않으면 다행이라고 느꼈다. 식사가 끝날 때쯤 자포자기하는 심정으로 상대에게 물었다. "혹시 맥주 한잔 더 하실래요?" 첫 번째 자리가 너무 엉망이었기에 이대로 끝낼 수는 없었다. 상대가 어떤 핑계를 대든 담담하게 받아들이자고 마음먹었다. 그런데 그는 흔쾌히 좋다고 말했다.

맥주 마실 곳을 찾기 위해 만리재를 나와 서울로를
걸었다. 밖으로 나오니 바람이 상쾌했다. 뻘뻘 났던
땀도 깨끗하게 말랐다. 조금씩 마음이 편해졌다. 우리는
시끄러운 식당에서 못다 했던 대화를 나눴다. 그와
대화하면서 내 행동과 말이 조금씩 자연스러워지고 있음을
느꼈다.

서울로에는 누구나 칠 수 있는 피아노가 있었다. 내가
피아노를 보고 말했다. "피아노 칠 줄 아세요?" 그는 "저
잘 쳐요"라고 답했다. 그럼 한번 보여 달라고 했다. 그는
1초의 망설임도 없이 피아노 앞에 가서 앉더니 이보다
환할 수 있을까 싶은 표정을 지으며 연주를 시작했다. 그리
훌륭한 연주는 아니었다. 아무 준비도, 악보도 없이 시작된
연주였으니까. 그런데도 피아노를 치는 그의 모습이
자연스럽고 아름다웠다. 그날 저녁을 함께 보내고 싶다는
마음이 차올랐다.

피아노 연주를 마치고 선선한 바람을 맞으며 우리는
서울로 끝까지 걸었다. 남대문 방향에 신축 건물이 솟아
있었는데 어떤 이유에서인지 건물의 모든 불이 켜져
있었다. 그 모습이 윤슬처럼 예뻤다.

맥줏집에서 우리는 이런저런 대화에 빠져들었다.

그 시간 내내 내 얼굴엔 미소가 사라지지 않았다. 실로
오랜만에 짓는 자연스러운 미소였다. 그에게 MBTI를
물었다. INFJ라고 했다. 순간 INFJ가 이상한 게 아니라
특별한 유형이라는 생각이 들었다. 설명하긴 어렵지만
그에겐 내가 그냥 나대로 있어도 괜찮은 것 같았다. 심지어
내가 말을 더듬어도 그냥 귀엽게 받아들이는 것 같았다.
온전히 받아들여지는 기분은 정말 소중했다.

　　그날 우리는 다음에 만나 영화를 보기로 약속하고
헤어졌다. 그리고 세 번째 만난 날 지원과 나는 연인이
됐다. 이유를 물을 필요도 없이 서로를 편하게 느꼈고
호감, 나아가 사랑을 느꼈다.

　　사귄 지 얼마 되지 않았을 때 지원에게 이런 말을 했던
기억이 난다. "아고, 내가 좀 남자답지 못했네 미안." 무슨
일이었는지는 생각이 안 난다. 단지 저 말을 했던 순간만
떠오른다. 지원이 그랬다.

　　"남자다운 게 뭔데? 두부는 두부다운 것만 있을
뿐이야(두부는 내 별명이다. 지원은 아직도 나를 별명으로
부른다)."

　　지원과 함께 있으면 나는 날개를 단 것만 같다.
그와 있을 때 가장 자연스러워진다. 매사에 과도하게

긴장하는, 그래서 일을 그르치는 나도 지원과 함께일 때면
능숙해지고 즐거워진다. 어느 날 일을 하다 문득 이 사실을
깨닫고 난데없이 눈물이 났다. 그 울컥함에는 이해받지
못했던 시간의 설움과 마침내 나를 온전히 사랑해 줄
사람을 만났다는 안도와 행복이 섞여 있었다.

결혼 소식을 전했을 때 친구가 장난기 섞인 목소리로
말했다. "너 입장할 때 같은 쪽 팔다리 동시에 나갈 것 같은
신랑 1위야." 하지만 나는 누구보다 자연스럽고 멋지게
입장했다. 나를 있는 그대로 사랑해 주는 지원과 평생을
약속하는 자리였으니까.

(인생의
반전)

사는 게 재밌다는 생각이 들 때가 있다. 경쟁에서
이기거나 목표를 이뤄 낸다거나 해서 재밌는 건 아니다.
그럴 땐 기쁠 뿐이다. 그러나 삶이 꼭 상식대로 흘러가지
않는구나 싶을 때면 사는 게 재밌다고 느낀다. 권태가
사라지고 내일을 기대하게 된다. 또 무엇이 어긋나서
어떻게 일이 흘러갈까 하는 두근대는 마음도 든다.

서른이 넘은 내게 말 더듬은 보통의 일상에서는 큰
문제가 아니다. 식당에서 말이 안 나와 상대를 당황시키는
것도 이젠 예삿일이라 신경 쓰지 않고 넘긴다. 그런 일로
속상해했던 건 딱 20대까지였다.

하지만 여전히 일터에서는 말 더듬이 문제가 된다.

적어도 나는 그렇다고 느낀다. 일할 때는 말을 정확히 전달할 필요가 있으며 효율적인 소통이 중요하다. 나의 말 더듬으로 회의가 지연되면 이 회사의 효율을 내가 떨어뜨리는 기분이고, 그럴 때면 가슴이 내려앉는다. 고칠 수 없을지도 모르는 말 더듬이 내가 속한 조직에 악영향을 미친다는 사실에 속상하다.

회사는 평가가 이루어지는 곳이라는 사실도 나를 긴장시킨다. 회사에서의 말 더듬은 불편을 불러일으킬 뿐 아니라 평가나 연봉, 인간관계에도 좋지 않은 여파를 미칠 수 있다. 그래서 가족과 친구 앞보다 동료나 상사 앞에서 말을 더듬을 때 가슴이 더 내려앉는다.

일터에서 말 더듬이 심해지기 시작하면 그 기간 동안 내 가장 큰 고민은 말 더듬이 됐다. 다른 일들은 뒷전이 되어 버렸다. 발표를 망치거나 회의에서 하고 싶은 말을 결국 하지 못하면 무능한 사람이 된 듯했고 그런 기분은 나를 순식간에 압도했다.

이전 직장에서 특히 말 더듬이 심했던 시기가 있었다. 나는 자책에 깊이 빠졌다. 나아질 기미가 안 보여 막막했다. 동료 중 한 명이 어렵게 말을 꺼냈다.

"두현 님 말 더듬 때문에 회의가 자꾸 지연돼요."

아마 오랫동안 마음에 담아 왔던 말이리라. 그래도

다들 이해해 줄 거라는 내 순진한 생각이 산산조각 나는
순간이었다. 그 말을 꺼낸 사람뿐만 아니라 다들 속으로
그렇게 생각하고 있을 터였다. 이후 더 심하게 말을
더듬었다.

　　여름이 깊어지던 7월이었다. 우연한 기회로 회사
대표님과 술을 한잔했다. 그가 윗사람으로서 마땅히 해야
하는 과업을 수행하듯 물었다. "요즘 뭐가 고민이에요?"
나는 말 더듬이 고민이라고 솔직하게 말했다. 내가 가진
걸 다 못 보여 주고 있어서 아쉽고 말 더듬에 위축돼
걱정이라고. 심하게 더듬은 날이면 자괴감에 빠져
허우적대고 옆 사람에게 피해를 주고 있다는 생각에
미안하다고.

　　사실 그런 상담은 수도 없이 해 봤기 때문에 대표님의
대답을 기대하지는 않았다. 말 더듬은 듣는 사람의
입장에서 전혀 문제가 아니라는, 따뜻하지만 별로 실질적
도움은 되지 않는 말이 돌아오리라고 예상했다. 나도
조언을 구하기 위해 그런 고민을 꺼낸 게 아니었다. 일종의
밑밥 깔기였다. 언젠가 내가 당신 앞에서 엉망으로 말해도
그건 말 더듬 때문이니까 나를 너무 안 좋게 보진 마세요,
하는.

　　그의 입에서 나온 말은 의외였다.

"이런 말 어떻게 들릴지 모르겠어서 조심스럽지만
말 더듬이 있는 사람이 일을 잘하면 더 멋있어 보이지
않을까요?"

오, 그의 말이 무슨 뜻인지 단번에 이해했다. 내
머릿속에서는 순식간에 상상의 나래가 펼쳐졌다. 어눌한
말투지만 뭔가를 포기하지 않고 해내는 사람의 모습. 말을
어려워하는 문제가 있지만 큰 성취를 이룬 사람의 모습. 말
더듬는 모습이 우스꽝스러워도 어떤 오라 때문에 아무도
무시하지 않는, 무시할 수 없는 사람. 사람들은 나를 말
더듬이라는 어려움이 있음에도 많은 것을 이룬 존경스러운
사람이라고 여기게 될 수도 있다……

대표님은 이런 말이 실례가 될 수도 있겠다고 생각한
듯 내 눈치를 봤다. 그러나 나는 아주 기분이 좋았다. 가슴
벅차면서도 설득력 있는 얘기였다. 내가 그렇게 훌륭한
사람이 될 수 있다는 부분은 설득력이 그리 크지 않았지만,
훌륭한 사람에게 말 더듬이라는 문제가 있을 때 어딘가 더
멋있어 보일 수 있다는 말은 이해가 됐다.

영화나 드라마 초반에 주인공이 고난에 힘들어하고
그 어려움이 생생하게 묘사될수록 작품에 더 빠져들게
된다. 그럴수록 뒷부분의 반전이 주는 카타르시스가
크기 때문이다. 내 인생을 영화라고 친다면 지금의 말

더듬이 주인공의 역경을 묘사하고 있는 대목인 게 아닐까.
언젠가 내 인생의 해 뜰 날을 맞이할 때 카타르시스를
극대화하려고 마련한 장치.

여전히 미팅이나 발표에서 말을 더듬을 때면 땀을
흘리고 어쩔 줄 몰라 한다. 그래도 집에 돌아와 펜을
입에 물고 문장을 소리 내 읽는 연습을 하며 오늘 말을
더듬었기에 생긴 좋은 점을 되새긴다. 내 인생의 반전을
위한 빌드업을 했다고 생각하면 기분이 오히려 좋아진다.
내 생에 더 찬란한 날이 찾아올 것 같은 예감이 들어서.

말 더듬 때문에 내가 좀 더 빛날지도 모른다니,
난이도가 꽤나 높은 게임을 앞에 둔 기분이다. 언젠가
휴먼스오브서울 멤버들끼리 인생에 있어 꼭 해 보고 싶은
일이 무엇인지 이야기를 나눈 적이 있다. 그런 문제를
고민해 본 적이 없던 나는 영화 〈킹스 스피치〉에서
전 국민을 청중 삼아 훌륭히 연설을 해낸 조지 6세가
떠올랐다. 많은 사람 앞에서 하는 연설은 나와 거리가 가장
먼 일로 보였다. 그만큼 만약 내가 해낸다면 그보다 멋진
광경도 없을 것 같았다. 그런 날이 온다면 내가 느끼게
될 카타르시스가 어느 정도일지 가늠이 안 됐다. 그래서
말했다. 언젠가는 수천, 수만 명 앞에서 연설을 해 보고
싶다고. 말로써 누군가의 마음을 움직이는 순간을 경험해

보고 싶다고.

　휴먼스오브서울 활동을 처음 시작할 때 스토리텔링 훈련을 받았다. 두어 장의 스크립트를 가지고 이리 바꾸고 저리 바꾸며 서사 짜는 법을 배우고 글맛 살리는 법을 익혔다. 내가 알게 된 많은 것들 중에서도 가장 중요한 스토리텔링의 요소는 예측 불가능함이다. 뻔한 건 재미가 없었다.

　아직도 말을 더듬는 나를 보며 사람들은 말로써 대중의 마음을 움직이는 내 모습을 예측하기 힘들 것이다. 그러나 내 인생은 아무도 예측하지 못한 방향으로 흘러가고 있다. 그토록 재밌는 이야기를 스스로 만들어 낼 거다. 내 인생의 스토리텔러로서.

(눈을 피하지 않는)
사람

직장 동료 Y는 내가 말할 때 내 눈을 똑바로 쳐다본다.
처음 이 사실을 인지한 날에는 좀 당황해서 평소보다
길게 말을 더듬었다. " ㄱㄱㄱ   ㄱ   ㄱㄱ   ㄱ
ㄱ   ㄱ   그러니까   제 말은요……"
어찌저찌 이야기는 끝맺었는데 이후로도 내 눈을
피하지 않던 Y가 계속 생각났다.

내가 말을 더듬으면 대부분의 사람은 눈을 피한다.
바닥을 보거나 허공으로 눈을 돌린다. 나에 대한 배려다.
말을 더듬을 때 얼굴이 못나게 찌푸려지니 못 본 척해 주는
거다. 그럴 때 내 마음은 조금 놓인다. 웃긴 표정을 상대가
볼까 봐 걱정하고 있기 때문에.

어쩌면 배려라기보다 그저 말을 더듬는 내 얼굴을 잠자코 보고 있기가 쉽지 않아서일 수도 있을 것이다. 그런데 Y는 전혀 개의치 않고 일그러진 내 표정을 똑바로 바라봤다. 말을 더듬지 않는 사람과 대화할 때처럼 말이다. Y와 한 팀에서 일한 지는 꽤 되었지만 그가 내 말 더듬에도 눈을 피하지 않는 모습을 본 건 그날이 처음이었다. 원래 그랬는지, 그날만 그랬는지는 몰랐다.

이후로 Y와 대화할 때마다 그가 내 눈을 피하는지 안 피하는지 의식했다. Y는 계속 내 눈을 똑바로 쳐다봤다. 오히려 내가 눈을 피했다. 나를 그렇게나 쳐다보는 게 어색하고 민망해서 눈을 마주치고 있을 수가 없었다. 그러면서 내가 지금껏 누구와 눈맞춤이란 걸 거의 해 오지 않았다는 사실을 알았다.

대화할 때 눈을 똑바로 바라본다는 건 어떤 의미일까. 내 생각에 눈맞춤이 있으면 서로 더 깊은 곳을 들여다볼 수 있는 것 같다. 말로 다할 수 없는 어떤 진심을 전할 수 있도록 하는 매개가 눈맞춤인 듯하다. 그렇다면 나는 어떤 깊이 이상의 소통은 거의 못 해 왔는지도 몰랐다. 눈을 피하는 것뿐 아니라 상대가 나를 똑바로 쳐다보지 못하게 만들어 버리니 문제였다. 말 더듬 그 자체보다 더 큰 문제는 일정 깊이 이상의 대화를 못 한다는 거였다.

Y에게 물었다. "왜 제가 말을 더듬을 때도 저를 똑바로 쳐다보세요?" Y는 놀란 듯했다. 잠시 뜸을 들이더니 그가 말했다.

"원래 대화할 때는 상대의 눈을 바라봐야 하잖아요. 저는 그렇게 생각해서 봤을 뿐이에요."

말 더듬 때문에 눈을 피하는 건 어쩔 수 없는 일이라고 생각했는데 Y는 대화 상대의 눈을 바라보기 위해서라면 찌푸려진 표정은 별게 아니라고 말하고 있었다. 정말 Y에겐 나와 대화를 하고 있다는 사실이 중요할 뿐일까? 말 더듬은 별로 신경 쓰이지 않을 정도로?

대학 때 친한 친구 C가 "너는 왜 이렇게 에고가 없냐?"고 물은 적이 있다. 내 의견을 묻는 말에 "뭐든 좋아"라고 대답했더니 돌아온 질문이었다. 당시에는 친구의 말이 무슨 의미인지 몰랐다. 그런데도 기억 속에 오래 남았고 이따금씩 생각이 났다.

"뭐든 괜찮아요"는 내가 많이 하는 말이었다. 진짜 뭐든 괜찮지는 않았다. 다만 내가 좋다고 한 걸 다른 사람이 싫어하면 그 반발을 감당할 자신이 없었다. 괜히 내 의견을 강하게 냈다가 말을 많이 해야 하는 상황, 즉 말을 더듬을 수도 있는 상황을 맞이하고 싶지 않았다. 대부분의 결정을 상대에게 맡기고 내 생각은 뒤로한 채 잠자코 있는 게 편했다. C는 그런 내 모습을 꼬집고 있었다.

전혀 상관이 없어 보였던 Y의 시선과 C의 말이
이어졌다. C는 내 문제를 지적하고 있었고 Y는 그 문제의
해결책을 제시하고 있었다. C는 말 더듬이 무서워
그냥 뒤로 빼 버리는 나를 나무랐고 Y는 말 더듬이
튀어나오더라도 그보다 더 본질적인 것, 그러니까 내
생각을 전달하고 상대의 말을 경청하는 것에 집중해야
한다고 말하고 있었다. Y는 내가 자신의 말을 이런 식으로
받아들였음을 꿈에도 모르겠지만.

이후에도 여전히 말을 더듬고 목소리는 떨렸지만
대화할 때 상대의 눈을 똑바로 바라보려고 노력했다. 눈을
똑바로 바라보는 힘으로 마음을 일으켜 세웠고 그렇게
일어난 마음으로 내 생각을 전달하려고 애썼다. 여전히
내가 얼굴을 일그러뜨리며 애쓰고 있을 때는 모두가
말이 없어지는, 견디기 힘든 순간들이 계속 찾아왔지만
말 더듬에 물러서지 않고 의견을 계속 개진하다 보니
낯선 갈등도 대면하게 됐다. 두려운 마음이 들었지만
종종 눈을 질끈 감고 선을 넘어 버리기도 했다. 어떤
회의에서는 내 의견을 끝까지 밀어붙였다. 전에는 내
의견이 아주 작은 반대에라도 부딪히면 거의 항상 발을
뺐는데, 이번에는 우격다짐으로 내 생각이 맞다는 주장을

굽히지 않았다. 내 주장에 그렇게까진 확신이 없음에도 내 의견과 생각을 최대한 들이밀었다. 억지스럽더라도, 다소 헛소리일지라도. 그리고 기다렸다. 무슨 일이 벌어지는지 지켜봤다. 아무 일도 일어나지 않았다. 사람들은 그 자리에서 오간 대화 내용에만 집중했지, 말을 더듬는 나에 대해선 신경 쓰지 않았다.

걱정에 비해 모든 것이 너무 싱거워서 민망할 정도였다. 용기를 가지고 선을 넘으면 뭔가 대단한 도전이 기다리고 있을 줄 알았는데 사실은 아무 일도, 정말 아무 일도 일어나지 않았다. "두현 님의 의견은 그렇군요. 그럼 좀 더 생각해 봅시다" 정도의 결론이 날 뿐이었다.

허탈한 사실일지 모르지만 그 사실이 나에게 안도감을 줬다. 아무 일도 일어나지 않는다는 실감이 심리적 안전망이 됐다. 늘 말을 더듬으면 무슨 일이 일어날 것만 같은 기분을 느껴 왔던 것이다.

어느 날 지원이 그랬다. "말할 때 상대의 미간을 바라봐." 미간을 바라보면 상대에겐 눈을 마주 보는 것처럼 인식된다고 했다. 남들에게도 눈을 응시하는 게 결코 쉽지 않다는 뜻이었고, 눈맞춤은 어렵더라도 꼭 해야 하는 종류의 일이라는 뜻이기도 했다.

그 조언을 바로 써먹었다. 눈이 아니라 미간을
바라보면 부담이 덜했다. 상대에게 내가 눈을 바라보고
있다는 느낌을 준다는 사실로 자신감이 생겼다. 자신감은
말 더듬 따위는 나의 일부분에 불과하다는 생각을
나에게도 상대에게도 안겨 줬다.

미간을 바라보기 시작한 날부터 관찰할 수 있는
눈빛이 쌓여 갔다. 내가 눈을 보려고 노력하면 상대도
그러려고 노력했다. 전보다 많은 사람들이 Y가 그랬던
것처럼 내 말 더듬에도 불구하고 나를 똑바로 바라보기
시작했다.
사실 내가 변해서인지, 사람들은 늘 내 눈을 바라봐
줬는데 그동안 알아채지 못했는지는 모르겠다. 이제야
내가 오해를 푼 것일 수도 있다. 어느 쪽이든 나는 한 발
내디뎠다.

(멘토와 멘티)

"두현이가 멘토를 맡아 줬으면 좋겠어."

정규 멤버가 된 지 얼마 되지 않았을 때 이런
문자메시지를 받았다. 휴먼스오브서울에 새로 들어온
인터뷰어의 멘토링을 하라는 얘기였다. 멘토는 어떻게
하면 인터뷰를 잘할 수 있는지 팁을 주거나 편집본을
첨삭하는 등 이런저런 조언을 주는 사람이었다. 예상했던
연락이기는 했다. 나와 함께 들어온 인터뷰어들은 다들
멘토가 되어 멘티 한 명씩을 맡고 있었다.

멘토라는 말을 듣자마자 숨이 막혔다. 누군가를
이끄는 일은 웬만해선 피해 왔다. 그런 일을 해야 한다는

말만 들어도 눈앞이 캄캄했다. 이상할 만큼 두려운 마음이었다. 아마 밑천이 드러나는 게 걱정됐나 보다. 스스로에 대한 자신이 적었던 탓이다. 게다가 '멘토'라는 이름을 달고 있을 때 부족함을 보이는 일은 더더욱 피하고 싶었다. 남을 리드하는 위치에 있는 만큼 상대의 실망도 클 테니까.

걱정을 그렇게나 하면서 멘토가 됐다. 가장 최근에 합류한 E가 나의 멘티였다. 긴장하며 인사를 했다. "제가 E님의 멘토를 맡게 됐습니다……" E는 내가 누군지도 모르면서 "두현 님이 멘토가 돼서 너무 좋아요!!!"라며 호들갑을 떨었다. 친절한 사람이구나, 안심했다. 천천히 내가 아는 인터뷰 팁과 편집 노하우를 알려 줬다.

E의 리액션은 대단했다. 어떤 얘기를 해도 "우와! 이렇게 하는 거였어요?" "와 진짜 신기해요!" 하고 반응했다. 나도 신이 나서 계속 아는 걸 말했다. 구글 문서에서 실시간으로 편집하는 나를 지켜보며 그는 진심으로 즐거워했다. 으쓱해서 더 많은 걸 보여 주고 싶었다. 내게 쌓인 경험이 남에게 도움이 된다는 점 자체로 기뻤다.

E는 요즘 보기 드문 사람이었다. 그만큼 긍정적인 사람은 만나기 힘들었다. 아무리 멘토더라도 본인이 쓴

글을 이리저리 고치면 의기소침해지기 마련이다. 기분이 나쁠 수도 있을 텐데 E는 어떤 기색도 없었다. 본인이 힘들 만한 상황이 와도 그 안에서 기뻐할 거리를 찾았다. 내가 무슨 말을 해도 귀 기울였고, 대화가 실크처럼 매끄럽게 이어지게끔 말을 했다.

E는 상대방에게 느낀 감정을 있는 그대로 전달할 줄 아는 사람이었다. 그에게 인터뷰 편집을 처음 알려 줄 때 내가 초창기에 했던 인터뷰를 보여 줬다. 처음에는 나도 이렇게나 서툴렀는데 이제는 훨씬 나아졌다는 말을 하려고 했다. 그런데 E가 그 인터뷰를 보기도 전에 이렇게 말하는 게 아닌가.

"지금보다 못했던 시절을 굳이 보여 줄 필요도 없고 안 보여 주고 싶을 수도 있는데, 두현 님이 그런 걸 보여 주는 사람이란 게, 그런 사람이 제 멘토라는 게 너무 좋아요."

그런 말을 주저하지 않고 할 수 있는 E가 신기했다.

E와 대화하는 시간이 편안했다. 그는 내 속에 숨어 있던 수다스러움을 꺼낼 수 있는 사람이었다. 나는 누구 앞에 가더라도 어떤 말을 할지 미리 준비하지 않으면 불안해하는 사람인데 E를 대할 때면 그럴 필요가 없었다. E와 나는 친구가 되어 갔다.

E는 남의 행복을 진심으로 기뻐할 줄 아는 사람이기도 했다. 그건 절대 쉬운 일이 아니다. 아무리 가까운 사람이더라도 잘됨을 진심으로 축하하는 건 선한 마음이 있어야 가능하다. 나는 좋은 일이 생기면 바로 E에게 전하곤 했다. 어디에다가든 자랑을 하고 싶은데 아무도 딱히 듣고 싶어 할 것 같지 않을 때, E에게 연락했다. "E님, 저 회사에서 칭찬받았어요!" 그러면 그는 어디서도 본 적 없을 만큼 큰 리액션으로 축하해 줬다. E와 나누면 기쁨이 몇 배로 불어나는 듯했다.

E와 친구가 되면서 내 마음을 더 넓게 열 수 있게 되었다. 희한하게도 E처럼 생각하는 법을 알수록 없던 자신감이 생겼다. 그를 가르치라고 멘토가 되었건만 내가 그에게 삶의 자세를 배우고 있었다.

E는 언제까지고 웃음을 잃지 않는 사람일 거라고 생각했다. 순진한 착각이 깨진 건 서로를 알게 된 지 수년이 지났을 때였다. E에게 좋지 않은 일이 생겼다. 그는 내가 본 어떤 슬픔보다도 더 큰 슬픔에 빠진 듯 보였다. E는 내게 전화해 일을 털어놨고 나는 할 수 있는 조언을 했다. 안타까웠다. 나쁜 일 자체도 그랬지만 내가 아는 사람 중 가장 긍정적인 사람이 세상을 슬프게 보는 게 마음 아팠다.

기쁜 일이 생겼을 때 연락해서 기쁨을 배로 불리는
건 잘했지만 그에게 슬픔이 있을 때 나누는 걸 나는 잘
못했다. E가 힘든 일을 스스로 극복할 때까지 연락을
줄였다. 걱정됐지만 무슨 말을 해야 할지 몰라 잠자코
있었다.

E가 힘들어하는 모습은 내가 말이 막혀 좌절하는
모습과 비슷했다. 그는 화를 내기보다 슬퍼했다. 아무리
생각해도 왜 이런 일이 일어난 건지 이해하기 힘들어
답답해했다. 잠을 잘 못 잤다. 스스로를 연민하는 데
긴 시간을 썼다. 나도 여전히 그런 좌절 속에서 완전히
벗어나지 못했기 때문에 어떻게 E가 그 일을 극복할 수
있을지 알려 줄 수 없었다. E보다 조금 더 산 세월과 조금
더 많이 쌓은 경험이 아무 쓸모도 없었다.

어떻게 그 시간들이 지나갔는지 잘 기억나지 않는다.
어느 순간 E는 내가 알던 그의 모습으로 돌아와 있었다.
장난기 넘치고, 진심으로 모든 걸 대하고, 긍정적으로 삶을
즐기는 듯한 몸짓을 세상에 보였다. 시간이 흘렀고 우리는
삼성역 근처 카레집에서 오랜만에 만났다. 힘들었던
시간에 대한 얘기는 나누지 않았다. 다만 서로의 일과
계획에 대해 얘기했다. 그는 예전처럼 내 말에 크게 호응해

줬다. 특히 직업인으로서 내가 이룬 성취에 감탄했다. 일과 관련해 내가 아주 희미하게 갖게 된 신념을 듣고는 그 말은 잊을 수 없겠다며 호들갑 떨기도 했다.

나는 그가 존경스러웠다. 힘든 일을 겪고도 다시 예전의 모습을 찾은 E가 멋졌다. 그날의 대화는 겉으로 보기에 일상적인 만남에 가까웠지만 나는 E와 나 사이에 흐르는 묵직한 무언가를 느꼈다. 말을 하지 않아도 전보다 견고해진 서로를 알아챌 수 있었다. E가 겪은 그 아픔에 대해 굳이 내가 입을 떼지 않은 이유도 그 때문이다. E는 이미 그 시간을 이겨 낸 듯 보였으니까.

E를 생각하면 떠오르는 순간이 많다. 지금은 나의 결혼식 날 E가 인스타그램 스토리에 올린 글이 생각난다. 나는 야외에서 결혼식을 했는데, E는 결혼식 이틀 전에 비가 와서 내 결혼식 당일에도 비가 올까 봐 너무 걱정된다고, 비가 오지 않게 해 달라고 기도했다고 썼다. E의 그런 마음을 알게 될 때마다 놀란다. 이런 사람이 가까이에 있다는 게 신기하고 또 행운이라고 느낀다.

E의 멘토로서 내가 E에게 알려 준 거라곤 인터뷰 팁 몇 가지가 다다. 그러고는 몇 번 편집을 함께해 본 정도다. 오히려 내가 그에게서 마음가짐이나 태도를 배웠다.

혹시나 멘토링이라는 게 꼭 새로운 지식을 전달하는 것에 국한되지 않는다면, 예를 들어 묵묵하지만 언제까지고 편이 되어 줄 지지자가 되는 일도 멘토링이라고 말할 수 있다면, 나는 언제까지나 E의 멘토로 남아 있을 것이다.

(허슬러)

친한 형의 SNS 프로필에 "hustler"라고 써 있는 걸
보고 무슨 뜻이냐고 물었다. 형은 문제를 해결하기 위해
몸을 아끼지 않는 사람을 '허슬러'라고 한다고 했다.
탁월한 능력이 없더라도 강한 의지로 일을 되게 하는
사람이라고 했다. 딱히 뛰어난 능력이 없는 게 고민이던
나는 그 단어가 그렇게 멋있어 보였다.

어떤 단어는 나를 고쳐 앉게 한다. 허슬러가 되고
싶었다. 허슬링은 어떤 문제에도 답이 될 수 있는 마법의
단어였다. 말이 되는 대답을 갖고 있다는 사실이 큰
안정감을 줬다. 발표가 무서워? 허슬러의 태도로 부딪쳐
보자. 도무지 답이 보이지 않는 문제야? 허슬러라면 맨

땅에 헤딩이라도 해서 실마리를 찾아야지. 두현 님은
이 문제를 어떻게 해결할 건가요? 당장 눈에 해답이
보이지 않더라도 허슬링으로 결국 풀어내는 것, 그게 제
강점입니다!

　　만나는 모든 순간마다 허슬, 허슬, 거렸다. 마치 세상
모든 일이 허슬의 여부에 따라 정해지는 것처럼. 허슬이
있다면 그 일은 성공하리라, 없다면 실패하리라.

　　허슬러의 미덕이란 무엇인가. 다들 뒤로 뺄 때 앞으로
나서는 것이다. 자신이 있든 없든 "할 수 있습니다!"
하고 나서서 일단 부딪치는 것이다. 허슬링은 그 자체로
가치 있는 특성이었다. 세상에는 기꺼이 나서려는 사람이
생각보다 적었다. 내 낮은 자신감과 말 더듬에 대한
두려움이 허슬링과 묘하게 합쳐져 시너지를 내기도 했다.
"저는 잘 못하지만 그래도 일단 해 볼게요"라는 태도를
좋게 봐 주는 사람들이 있었다. 말 더듬 때문에 위축돼
어딘가에 갇혀 있던 나는 허슬에 대한 맹목적 애정 덕분에
조금씩 알을 깨고 나왔다.

　　허슬링을 신조로 삼은 뒤에는 발표 자리를 마다하지
않았다. 작은 팀의 리더를 맡아 보기도 했다. 팀 대표로
운동회에 나가기도 했다. 그러나 당연하게도 '허슬'이라는
무기 하나로 무대에서 내가 막 뛰어날 수는 없었다.

허슬링에 빠진 당시의 나는 이렇다 할 경험도 능력도 없었다. 무대에서는 단점이 더 잘 드러나는 법이다. 나설수록 부족함이 드러났다. 즉 허술함이 드러났다.

보통 신뢰를 쌓으려면 뛰어난 능력이나 매력을 보여 주어야 하지 않는가. 한데 나는 그런 시도가 하나도 안 통했다. 스스로를 어필하려는 행동은 꼭 어딘가 어색했다. "제가 원래는 이거 잘하는데요……" 식의 설명은 순식간에 분위기를 가라앉혔다. 꼭 말이 아니더라도 내 실력을 보여 주기 위해 나서면 어김없이 어정쩡해지곤 했다.

허술함은 내게 태생적으로 붙어 있는 특성 같았다. 아, 난 어쩌면 허슬러가 아니라 허술러가 아닐까! 만족스러운 언어 유희가 머릿속을 스쳐 지났다. 허슬을 한답시고 허술함을 계속 내보이다 보니 정말이지 허슬러보단 허술러가 돼 가고 있었다.

세상은 허술러에게 어떤 태도를 보일까. 조소를 보낼까? 짧다면 짧은 인생이지만 적어도 '프로 허술러'인 내가 보기엔 그렇지 않았다. 사람들은 허술한 사람을 싫어하지 않았다. 오히려 좋아하는 쪽에 더 가까웠다. 특히 뒤로 빼지 않는, 허슬러의 끼가 있는 허술러는 크게 사랑받는 인간상 중 하나였다.

허술러는 허술하기 때문에 거짓말을 잘 못한다.
거짓말을 못하니 뭘 하든 진정성을 품고 있다.
어설프더라도 진심을 가지고 뭔가 하려는 사람을 상대는
본능적으로 알아본다. 대충대충 요행으로 자신을 속이려는
사람이 아니라는 것만 알아도 어떤 호감이 생긴다.

또 허술러에겐 농담이 더 많이 날아든다. 나만 느끼는
바가 아니다. 김혼비 작가를 좋아하는데, 황선우 작가와
함께 쓴 그의 책에 이런 구절이 있다. 읽는 순간 거대한
위로를 받았다.

> 누가 오해받기 쉬운 위험을 무릅쓰면서도 왜 술을
> 사랑하느냐고 묻는다면 이렇게 답하고 싶습니다. 술은
> 언제나 저를 조금 허술하게 만드는데, 허술한 사람에게
> 세상이 좀 더 농담을 잘 던져서 그렇다고요.
> _황선우·김혼비,《최선을 다하면 죽는다》에서

나는 술을 안 먹어도 허술한 사람이다. 허술하기
때문에 새로운 조직에 들어가면 처음에는 늘 겉돌았다.
새로운 환경에서 중심을 잡는 건 허술한 사람이 아니라
영리한 사람이었다. 사람 간 관계를 어떻게 다루어야
하는지를 아는 사람, 한눈에 호감 가는 사람이 있었다.

그렇기 때문에 나는 늘 그들 주변에 조용히 서 있을 뿐이었다. 하지만 조금 시간이 지나고 나면, 저 멀리에서 나를 부르는 목소리가 어김없이 들렸다. 빠르게 조직에서 중심을 장악한 사람이 나를 향해 보내는 농담이었다.

특히 지금보다 어린 시절에 들어가야 했던 조직, 예를 들면 대학, 군대, 첫 직장 등에서는 누구든 서로에게 농담을 던지고 싶어 하는 분위기가 가득했다. 조직의 분위기를 재밌게 만들고 싶어 하는 이들이 있었다. 그런 상황에서 허술러인 나는 농담을 날리기에 최적의 대상이 될 때가 많았다. 물론 나는 농담을 온몸으로 받아 내는 입장이기 때문에 던지는 사람의 입장을 정확히는 이해하지 못한다. 하지만 농담을 던지고 받는 시간이 쌓이면서 중심에 있는 사람들이 나를 타깃으로 삼는 이유를 자연스럽게 조금은 알게 되었다.

답은 타격감에 있었다. 일단 허술해 보이니 헛점이, 즉 농담을 던질 구석이 많이 보인다. 또 허술한 사람은 허술한 만큼 날아오는 농담들에 무방비다. 공격에 대비해 방어선을 구축해 놓는 일은 허술러와는 거리가 멀다. 놀릴 구석이 많은데 전혀 대비도 안 되어 있으니 타격감이 좋을 수밖에 없다. 대체 어떻게 허술하길래 그러느냐 묻는다면 나도 할 말이 없다. 나를 보며 사람들은 "왠지 모르겠는데

두현 님은 가만히 있어도 웃기다"라든가 "진지할수록
웃겨서 참을 수가 없다"고들 한다. 이유를 물어보면
"모르겠다" "그냥 반응이 웃기다"라는 답이 돌아온다.
그들의 미스터리한 웃음 뒤에 나의 허술함이 있다고
짐작할 뿐이다. 대학생 때 선배 J에게 왜 자꾸 나한테
농담을 던지냐고 물어본 적이 있다. 답변은 이랬다.

"말로 표현하기 어려운데…… 근데 그거 좋은 거야.
사람들이 쉽게 다가가잖아."

말 더듬이 남긴 어떤 것들은 이미 나의 일부가 되어
있었다. 다치면서 생긴 흉터였지만 그게 꼭 나를 괴롭히는
단점으로만 남은 건 아니었다. 지금 돌아보면 말 더듬은
오히려 살아가는 데 도움이 되기도 했다. 나의 허술함은 말
더듬에서 오는 것이니까. J의 말은 인생의 무게가 한 움큼
덜어지는 느낌을 주었다.

허술한 내게 쉽게 다가온 사람이 없었다면 난
지금보다 훨씬 흐린 삶을 살았을 거라고 막연히 생각한다.
계속 허술러로 남고 싶다. 조금 욕심을 내자면, 자기 할
일은 제대로 해내는 허술러로.

진정성
마케팅

　　인스타그램에서 '진정성 마케팅'이라는 단어를 봤다.
어떤 카드뉴스의 표지 제목이었는데, 갈수록 브랜드에도
개인에게도 진심 어린 말과 행동이 요구되고 있다고
했다. 이 시대에 돋보이거나 성공하기 위해서는 진정성이
필요하다는 얘기였다. 공감하는 사람이 많은지 '좋아요'가
수천 개 달려 있었다.

　　내게는 '진정성 마케팅'이라는 말이 세상에 진정성
있는 사람이 갈수록 희귀해지고 있다는 의미로 들렸다.
또 상대가 진심인지 아닌지 잘 살펴봐야 한다는 뜻으로
들렸다. 세상이 좀 이상해지고 있었다. 진짜가 돋보인다는
건 가짜가 많다는 얘기니까.

진정성이 왜 희귀해지고 있을까? 짐작일 뿐이지만 세상이 복잡해질수록 진심만 가지고는 원하는 바를 이룰 수 없기 때문이 아닐까. 사람 간, 기업 간에는 얽히고설킨 이해관계가 있고 그 속에서 유리한 위치를 차지하려면 속임수가 필요할 때가 많다. 이득을 더 챙기려는 본심을 숨기고 웃는 가면을 써야 한다.

이런 세상이 막막했다. 속상하거나 안타깝다는 차원이 아니었다. 나는 각박해진 세상의 생존 문법을 도무지 익힐 수 없는 사람이었다. 시도 때도 없이 말을 더듬는 나지만, 말 더듬이 가장 심해지는 순간을 꼽자면 마음에 없는 말을 할 때다. 거짓말을 하거나 예의상 사실과 다른 말을 건네거나 어려운 핑계를 댈 때, 내 말 더듬 지수는 극악이 된다.

몇 번, 새롭게 합류한 조직에서 윗사람의 인정을 받기 위해 마음에도 없는 행동을 해 보겠다 작정한 적이 있다. 예를 들면 내향적이고 말 없는 스타일로는 중심에서 밀려나기 마련이니 외향적인 척을 해 보는 것이다. 상대의 모든 의견에 동의하려고 노력하기도 했다. 이너서클의 핵심 역할을 하는 사람과 빠르게 관계를 맺어 앞으로 조직생활을 훨씬 수월하게 만들자는 전략이었다. 지극히 의도적인 그 마음을 숨기고 행동하려고 할 때면, 꼭 말 더듬이 튀어나왔다. 행동 또한 어색해졌다.

내게 진정성은 단순히 선택의 문제가 아니었다. 세상과 소통하는 유일한 방법이었다. 진심이 아닌 말은 제대로 내뱉을 수조차 없으니 말이다. 다시 한번 강조하자면 어떤 숭고한 마음이나 신념이 있어서 진정성 있는 사람이 되고자 한 게 아니었다. 속마음 말고 다른 걸 말할 여유가 없어서 있는 그대로 표현할 수밖에 없겠다는 마음이었다.

이런 마음 정도는 그저 '진솔함' 정도로 불리는 게 맞을 것이다. 진정성이라는 건 선하고 뛰어난 사람이 진심까지 갖추었을 때, 그럴 때 나오는 우아함을 말하는 것 같으니까. 어쨌거나 나는 그저 있는 그대로 살아야 덜 어색한 사람이라는 데는 변함이 없다.

그런 마음은 일에서도 똑같다. 지금 나는 AI 영어교육 앱 회사의 마케터로 일하고 있고, 마케터는 브랜드의 이야기나 생각을 사람들에게 전하는 일을 한다. 기업 공식 SNS를 맡아 운영하고 있는데 초기에는 홍보색을 빼고 브랜드 메시지를 잘 전하는 게 미션이었다. 어려운 일이었다. 회사가 회사에 대한 얘기를 하는데 어떻게 홍보가 아닌 것처럼 포장할 수 있단 말인가. 우리 제품 좋다, 우리 회사 좋다는 얘기를 할 수밖에 없는데 어떻게

광고가 아닌 것처럼 보일 수 있단 말인가.

회사에 이 일의 어려움을 털어놨더니 돌아온 대답이
의외였다. 있는 그대로 편하게 해 보라는 주문이었다.
공식 계정에 어떤 얘기든 써도 상관없으니 자유롭게
운영해 보라고 했다. 승인을 받을 필요도 없다고 했다.
있는 그대로 솔직하게 말하는 건 내가 잘하는 거니까 그냥
솔직한 글을 쓰기로 했다.

기업 계정인데, 개인적인 글을 썼다. 마음이 가는 대로
담당자 개인의 일상을 썼다. AI 영어교육 앱 회사에 다니는
내가 얼마나 영어를 못하는지, 그래서 회사에서 얼마나
힘든지 말했다. 오늘 저지른 실수를 고백했다. 내일 있을
영어 미팅이 얼마나 두려운지 말했다. 말 더듬이 있다는
사실까지는 밝히지 않았지만 말을 잘 못해서 더 떨린다는
하소연도 덧붙였다. 말 더듬이 심해지는 걸 막기 위해
자포자기한 심정으로 내 속내를 먼저 드러내는 것처럼,
회사 일을 하면서도 그렇게 했다. 어려운 고민이 있으면
사람들과 나눴다. 심지어 결혼했을 때 신혼여행 때문에
자리를 잠시 비운다는 얘기도 올렸다. 다음은 실제로
스레드에 올린 글이다.

"담당자입니다. 최근 스픽 스레드가 좀 뜸했죠. 초심을

잃은 거 아니냐는 얘기도 종종 들었는데 아닙니다. 초심 그대로이고 여전히 스레드 너무 재밌습니다. 사실 담당자가 어제 결혼을 했습니다.

결혼 준비하느라 근 1주 너무 정신이 없어서 스레드를 들여다볼 여유가 없었습니다. 스레드 시작할 때 스레드가 날것의 소통을 할 수 있는 창구라는 걸 알게 됐고, 그래서 혼자 세운 목표가 있습니다. 바로 10월에 있을 제 결혼 소식을 팔로워분들께 알리자는 것이었습니다. 개인 소식을 기업 계정에 쓰는 거 좀 미친 짓이죠. 그런데 저는 스레드 계정을 시작하면서 제 결혼 소식을 전할 수 있을 정도로 팔로워분들과 긴밀한 관계를 만드는 것을 목표로 삼고 달려왔습니다. 저는 나름 이런 소식 전할 만한 관계가 됐다고 생각하는데 어떨까요?

내일부터 2주간 신혼여행을 떠납니다. 저는 스레드가 일로 느껴지지 않아서 여행 중이라도 할까 했는데 그건 도리가 아닌 것 같아서 잠시 쉽니다. 물론 대표님 허락은 안 받았습니다."

이 게시물에 사람들이 반갑게 호응해 줬다. '좋아요'가 600개, 댓글이 50개 가까이 달렸다.

회사 SNS를 운영하며 즐거운 순간이 자주 있었다.

사람들이 회사 계정을 많이 좋아해 주었다. 브랜드 계정 같지 않은 말투가 눈에 띄었나 보다. "이거 정말 공식 계정 맞냐" "이런 걸 윗사람이 제재를 안 하는 게 신기하다" 등의 반응이 잇따랐다. 담당자를 칭찬하는 댓글도 있었다. 회사는 순식간에 SNS에서 주목받는 브랜드가 됐고 담당자인 나에 대한 관심도 커졌다. 난생처음 받는 긍정적인 주목이었다. 회사 밖에서도 나를 알아봐 주는 사람이 생겼다. 나를 인터뷰하겠다고 매체에서 연락이 오기도 했다. 우리를 표본으로 삼는 브랜드가 생기기도 했다. 이런 관심이 자포자기한 마음으로 있는 그대로를 꺼내 놓았을 때 나온 반응이라는 게 신기했다. 회사에서도 브랜드 인지도가 높아진 부분을 인정받았다. 대단한 기획을 하거나 예산을 쏟아부은 것도 아닌데 커리어 중 가장 큰 성과를 이룬 것 같아 얼떨떨했다.

　　'어, 이게 진정성 마케팅 아닌가?' 하는 생각이 스쳤다. 있는 그대로를 내보였더니 어떤 성공을 해낸 게 아닌가. 그런데 이 용어를 처음 접했을 때 들었던 생각과 다른 지점이 있었다. 진정성 있는 모습, 그러니까 본래의 모습이 꼭 근사하지 않아도 된다는 점이었다. 어떤 모습이든 있는 그대로를 보여 주는 것만으로도 힘을 발휘할 수 있었다. 불완전한 모습, 부족한 모습,

어설프거나 어리숙한 모습을 보여도 진정성의 힘이 발휘될
수 있었다.

　이 경험은 내게 큰 선물이 됐다. 진솔함에는 사람들이
본능적으로 느끼고 긍정적으로 반응하는 어떤 속성이
있는 듯했다. 심지어 말 더듬는 모습이라도 진심을 담을
수 있다면 더 이상 미운 모습이 아닐 수 있지 않을까. 나를
더 신나게 하는 사실은 있는 그대로를 내보이는 건 지치지
않고 할 수 있다는 점이었다. 머리를 쓰지 않아도 된다.
나를 나대로 보이면 되니 지속하기 어렵지도 않다.

　솔직히 말하면 지금도 말 더듬이 딱히 예뻐 보이진
않는다. 여전히 숨기고 싶은 나의 모습이다. 하지만 전만큼
밉지도 않다.

나의
첫 강연

마케터가 하는 일은 겉으로 드러난다. 마케팅이란 기본적으로 세상에 메시지를 던지는 일이기 때문이다. 회사 바깥에서도 내가 한 일이 무엇인지 알 수 있다. 일의 성격이 그러하다 보니 마케터는 사람들의 눈에 띄고 싶어 한다. 나도 그랬다. 남들과 다른 시각과 접근으로 기발하다거나 탁월하다는 세간의 평가를 받고 싶었다.

마케팅 프로젝트는 종종 그 일을 담당한 마케터에게 시선을 집중시키는 결과를 낳는다. 2년 차 마케터일 때 갑작스러운 강연 제안을 받았다. 당시 회사는 해당 분야에서 주목받는 브랜드였는데 회사의 마케팅 활동이 강연을 주최하는 분들의 눈에 띄었나 보다. 사회 초년생과 다름없던 내가 한 일은 사실 별로 없었다. 강연에까지 나가 할 수 있는 말은 더더욱 없었다. 그런데 나를 콕 집어서 강연 제안이 온 것이다.

처음에는 기분이 좋았다. 뭐라도 된 기분이었다. 한 번도 상상하지 못한 제안이어서인지 더욱 가슴이 뛰었다. 먼저 팀에 이 소식을 알렸다. "와…… 저한테 강연 제안이 왔네요." 팀의 반응은 뜨거웠다. 팀원들은 "두현 님 드디어 유명해지는 거예요?" "숨은 보석을 알아보고 연락을 주셨네" 같은 말들을 해 주었다.

지금 돌아보면 당시 나는 강연 제안이 들어왔다는 사실 자체를 즐기고 싶었던 것 같다. 그로 인해 기분 좋음을 누리려고 했던 것이다. 그 이상은 아니었다. 진짜 강연에 나서고 싶지는 않았다. 그건 정말…… 생각만 해도 손에 땀이 나는 일이었다. 대본 없이 말하는 건 애초에 말도 안 되고, 다 외우고 무대에 선다 해도 1초 만에 모두 잊어버릴 것이다. 혹여나 다 기억이 난다고 해도 말 더듬 때문에 발표가 뚝뚝 끊길 거였다. 내가 청중으로서 경험했던 어떤 강연에서도 그런 연사는 없었다.

내 생각과는 달리 팀원들의 부추김은 거셌다. 팀장님은 기회는 어느 날 갑자기 온다며 이번 기회를 놓치지 말라고 했다. 불현듯 강연을 거절하면 더 나은 인생을 살 수 있는 절호의 찬스를 놓치게 될 거라는 조급함이 들었다. 여생에서 다시는 이런 기회가 오지 않을 것만 같았다. 저 강연의 벽만 넘으면 찬란한 미래가 펼쳐질 것 같았다. 강연 날짜까지는 몇 달이 남아 있었고, 그 전까지 연습하고 연습하면 말 더듬 없이 발표를 할 수 있으리라는 순진한 믿음이 솟아났다. 그 마음을 못 이겨 강연 제안을 수락하고 말았다.

　　강연 날짜가 다가올수록 이루 말할 수 없을 정도로 긴장됐다. 강연자로 서게 될 곳이 동대문 DDP의 큰 강당이라는 점도, 참석자가 꽤나 많으리라는 점도 나를 떨게 했다. 긴장되는 만큼 연습에 집중했다. 준비가 다 됐다고 느껴져도 화면을 띄워 놓고 말하다 보면 눈앞이 깜깜해졌다. 그런 순간이 반복될수록 불안이 엄습했다. 불안은 이윽고 일상을 덮쳤다. 불안이 영혼을 잠식한다는 말이 사실임을 뼈저리게 실감했다. 입맛이 떨어지고 몸이 축축 처졌다. 하루 종일 그 걱정밖에 없었다. 남 앞에서 자기 생각을 당당하게 밝히는 데 어려움이 없는 사람이라면 이런 불안이 이해되지 않을지도 모르겠다. 당시의 나 역시 그 정도의 불안은 비합리적이라는 걸 알았다. 동시에 비합리적일 정도로 지나친 불안을 느끼는

내가 충분히 이해됐다. 그만큼 나는 말 더듬이 만들어 낸
어려움과 상처 속에 인생을 살아온 사람이었다.

극도의 불안에 휩싸인 지 3일 정도 지났을 때
도망치기로 마음먹었다. 강연 담당자에게 전화를 걸었다.
죄송하지만 못 하겠다고 했다. 너무 죄송했기 때문에
그 정도로 죄송하면 그냥 하는 게 낫지 않냐고 스스로
반문할 정도였지만 그런 체면을 뒤덮을 만큼 불안감이
컸다. 팀원들에게 우스운 꼴이 돼도 상관없었다. 자책하는
마음만 남았다. 모두 내 잘못이었다. 발표를 할 수 있다고
믿은 내가 경솔했다.

그날 이후 내 마음속 〈말을 더듬기 때문에 할 수
없는 일〉 리스트에 '강연'을 추가했다. 내겐 너무나 어려운
일이었다. 다시는 강연을 하고 싶다는 소망조차 들지 않을
거라고 혼자 단언했다.

다시 강연 제안이 온 건 거의 5년이 흐른 뒤였다.
그사이 지금의 회사로 이직한 나는 더 이상 주니어
마케터가 아니었다. 이런저런 경험도, 이룬 일도 쌓였다.
회사는 업계에서 가장 주목받는 브랜드 중 하나였다.
브랜드 캠페인으로 크게 화제가 된 적도 있었고, 이를
기점으로 우리 팀이 이룬 성취에 대한 기사와 분석 글이

쏟아졌다. 인터뷰나 강연 요청도 밀려들었다.

내겐 여전히 트라우마가 남아 있었다(결국 강연에
서지도 않았으면서 트라우마가 있다는 게 웃기지만). 분명 5년
전보다는 할 수 있는 얘기도, 하고 싶은 얘기도 많아졌는데
남들 앞에 서서 뭔가를 말하는 일은, 그것도 일상 얘기가
아니라 일과 관련된 얘기를 하는 일은 여전히 피하고
싶었다.

그런데 나를 콕 집어 들어온 제안이 하나 있었다.
이번에도 거절하기로 했다. 제안을 받는다는 사실 자체는
기뻤고 감사했기 때문에 구구절절 내 상황과 마음을 적어
거절했다. "분에 넘치는 제안 감사합니다. 너무나 큰
영광이고 기꺼이 하겠다고 말씀드리고 싶지만 제게는 말
더듬이라는 문제가 있습니다. 아무래도 행사에 폐가 될 것
같습니다. 죄송합니다……"

답변이 왔다. 말 더듬은 너무 걱정하지 말고 마음
편하게 하라거나(저는 그게 평생 안 된 사람이라고요), 그런
줄은 몰랐다며 서면 인터뷰를 요청하거나, 아쉽지만
다음 기회에 함께하자는 얘기일 줄 알았는데 아니었다.
본 강연은 온라인으로 하는 웨비나며 미리 녹화해 둔
영상으로 진행된다고 했다. 본 강연 다음에 이어지는 패널
토크만 라이브로 진행되는데, 그 또한 정해진 스크립트를

읽으면 된다고 했다.

　마치 말더듬이를 위해 준비된 무대 같았다. 나처럼
말을 더듬으면서도, 사람들 앞에서 보란 듯이 발표를 하고
싶은 꿈이 있는 사람을 위해 특별히 마련된 기회 같았다.
강연을 한다는 의미는 지키면서도 부담은 최대한 뺀
말더듬이 맞춤 제안. 긍정적인 검토를 부탁드린다는 메일
마지막 문구를 보며 5년 동안 잊고 있었던, 주목받고 싶은
욕구를 끄집어냈다. 이거면 할 수 있을 것 같았다.

　주말, 방문을 걸어 잠그고 연습 삼아 강연 내용을
녹화했다. 말을 더듬으면 다시 돌아가서 처음부터 말했다.
지켜보는 사람이 없으니 말 더듬이 덜 나왔다. 조금
더듬더라도 내 의도를 전달하는 데는 문제없었다. 몇
시간이 걸리더라도 그럴듯한 강연 영상 하나만 만들면
됐다.

　강연 일을 3주 정도 앞둔 날 주최 측에서 연락이 왔다.
강연 신청자가 500명 가까이 된다고 했다. 안심하고 있던
나는 또 긴장하기 시작했다. 녹화한 영상을 트는 첫 번째
세션은 괜찮았지만 두 번째 세션에서는 준비된 스크립트를
읽는 것뿐이긴 해도 어쨌든 라이브로 말해야 했다.
게다가 유료 강연이었다. 돈을 낸 사람들은 완성도 높은
강연을 기대할 터였다. 다행히 5년 전처럼 도망가고 싶은

마음까지 들지는 않았다. 여러 안전장치가 있기 때문에
긴장을 누르고 나설 마음이 있었다.

　　아무도 없는 사무실 미팅룸에서 웨비나를 준비하다가
의문이 들었다. 내게 이 웨비나가 어떤 의미인지 알 수
없었다. 만일 라이브로 말하는 강연이었다면 비로소 말
더듬을 극복했다는 의미가 있을 텐데 녹화본을 트니 다소
억지스럽게 강연 경험을 해 본다는 아쉬움이 있었다.

　　웨비나 당일, 나는…… 말을 잘했다. 녹화본으로
어떻게든 말을 조리 있게 잘하는 모습을 만들어 놓고 그
모습을 시청하는 수백 명의 반응을 지켜보다 보니, 마음속
깊은 곳에서부터 즐거웠다. 그 기세로 두 번째 세션에서
스크립트에 없는 말까지 해 가면서 신나서 얘기했다.
사전에 말 더듬에 대한 걱정을 여러 번 내비쳤기 때문에
웨비나 담당자는 두 번째 세션이 시작될 때 참여자들에게
양해를 구하는 말을 해도 된다고 안내했었다. 그런데
별도의 안내를 하지 않아도 무방할 정도로 말이 잘 나왔다.
"걱정하시더니 너무 잘하시던데요." 행사 후 담당자가
말했다.

　　그날의 경험이 내 깊은 곳의 뭔가를 건드렸나 보다.
약속한 듯 다른 곳에서 제안이 몰려왔지만 더 이상

불안하지 않았다. 뭐라도 더 해 보고 싶다는 생각이 들었다. 실제로 토크 콘서트에도 나갔다. 사람들이 말 더듬을 눈치채지 못할 정도로 자연스러운 강연을 해내기도 했다.

웨비나를 겪기 전까지는 나를 막고 있는 한계를 벗어나려면 난도가 높은 일에 정면으로 맞서 이겨 내야 한다고 생각했다. 그게 아니었다. 녹화본으로 진행한 웨비나는 안전장치가 있는 무대였지만 그렇게라도 발표를 해낸 경험이 중요한 계기가 되었다. 그렇게 조금씩 작게 인생의 방향이 바뀌어 나가는 거구나, 생각했다.

4장

모두가 이야기를
품고 있다

(부담감이었구나)

　　말을 더듬기 시작한 순간을 정확히 기억하진 못한다.
형이 떠난 뒤 어느 순간부터 말 더듬이 생겼다는 것만
알고 있다. 어른들은 형의 죽음이 가져다준 충격 때문에
내가 말을 더듬기 시작했다고 했다. 나도 그렇게 이해하고
살았다.

　　문득 의문스러운 마음이 들 때가 있었다. 형의 기일에
산소에서 한참 동안 멍하니 있다 보면, 말 더듬 때문에
중요한 자리에서 망신을 당하고 집에 와 우울해하며 누워
있다 보면, 형제간 사이가 좋은 친구들을 보며 부럽다는
생각을 하다 보면 머릿속에 떠오르는 질문이 있었다. 형의
죽음이 어째서 말 더듬이라는 증상으로 나타난 거지?

가족의 죽음을 경험한 사람은 적지 않았다. 인터넷만 검색해 봐도 비슷한 일을 겪은 사람들이 있었다. 하지만 충격 때문에 말 더듬이 시작됐단 얘기는 찾기 힘들었다. 흔한 일이 아니라면 왜 내게 이런 일이 일어난 걸까. 20년 넘게 나를 괴롭혀 온 말 더듬의 정체를 알고 싶었다. 이유라도 알면 덜 답답할 것 같았다.

혼자 필사적으로 기억을 더듬어 보기도 했고 부모님한테 물어본 적도 있다. 어떤 것도 이유를 명쾌하게 설명하진 못했다. 형의 죽음과 내 말 더듬 사이에는 분명한 간격이 있었지만 내 손에 잡히는 건 없었다. 허공에 대고 의미 없이 팔을 휘두르고만 있었다.

허공 속에서 희미한 윤곽이 드러난 건 최근이다. 이 글을 쓰는 지금보다 겨우 몇 달 전이다. 나는 한 달에 한 번 심리 상담을 받고 있다. 특별한 일이 있는 건 아니다. 내게 벌어진 일과 내가 느끼는 감정을 전문가에게 말하고 조언을 받으면 생활에 도움이 된다는 걸 알고 나서 상담실을 주기적으로 찾았다.

상담사 선생님께 대놓고 물었다.

"제가 왜 말을 더듬는지 모르겠어요. 충격을 받았다고 무조건 말을 더듬는 건 아니잖아요."

조용한 상담실 안에서 선생님 표정이 복잡해졌다. 아마 지금까지 나와 나눴던 얘기를 토대로 실마리를 찾는 중이리라. 나는 상담에서도 형 이야기를 많이 했었다. 안 할 수 없었다. 지금의 나는 말 더듬과 떼어 얘기할 수 없고, 말 더듬은 형의 일과 떼어 얘기할 수 없기 때문에.

나는 늘 형에 대해 비슷한 설명을 했다. 성적은 전교권이었고, 친구도 많았고, 운동도 잘했고, 노래도 잘했고, 글도 잘 썼고……. 그런 사람이었기에 나와 우리 가족이 겪은 상실감이 크다고 말했다. 아니, 강조했다. 형이 그토록 잘난 사람이라는 얘기가 내게는 어떤 위로였다. 그게 어떻게 위로가 되는지는 몰랐지만 그런 기분이 분명하게 들었다.

선생님은 내가 어떤 상황에서 특히 말을 더듬는지, 또 어떤 상황에서 나아지는지를 노트에 써 보게 하고 한참을 분석했다. 선생님은 '부담감'이라는 단어를 꺼냈다. 나는 형의 상실을 '슬픔'으로만 여기고 있었기 때문에 부담감이라는 말은 조금 낯설었다. 부담감은 뭔가 큰일을 하거나 책임이 많은 사람에게 어울리는 단어 아닌가. 말 더듬을 그저 지난 상처의 흔적이라고 생각해 온 나는 조금 어리둥절했다.

이어진 선생님의 설명은 이랬다. 형은 뛰어난

사람이었고 내 주변 사람들은 모두 형에게 기대를 갖고
있었다. 나는 동경의 마음으로 그를 바라봤고 때론
의지했다. 동경과 의지의 마음이 커서 형의 존재 자체가 내
자랑일 정도였다. 그런데 그런 사람이 하루아침에 세상을
떠났다. 형이 지고 있던 수많은 기대는 어디로 갔을까.
아마 그냥 사라졌을 것이다. 하지만 어린 나는 그 기대가
나에게로 방향을 바꿨다고 생각했는지 모른다. 어린 날의
무의식이 그렇게 생각했을 가능성이 있다.

　　그랬다고 하면, 나는 의지할 사람이 사라진 상황에서
동경할 정도로 대단한 사람에 대한 기대까지 짊어져야
하는 처지에 놓인 것이다. 그래서 내 앞에 펼쳐진 세상이
너무나 부담스러웠던 걸까. 너무 큰 벽과 짐처럼 느꼈을까.
해일처럼 밀려온 부담감에 무방비로 당하고 만 것일까.
얕은 물에서 물장구를 배워야 할 시기에 키보다 몇 배는
높은 파도에 휩쓸리고 만 것일까. 그래서 스스로를 거센
물살 속에 밀어 둔 채 사람들의 한마디 한마디를 나에
대한 기대와 실망으로 오해하며 살았을까. 아무 의도 없이
건네는 말과 눈빛을 나를 평가하려는 몸짓으로 여겼을까.

　　선생님 말을 듣고 보니 모든 게 그렇게 보였다. 가설일
뿐이지만 아주 설득력 있는 설명이었다. 어마어마한
부담감이 겉으로 보이는 특징으로 나타난 것이다. 형이

잘난 사람이었다는 점을 강조하고 다닌 것도 설명이 됐다. 그렇게 강조함으로써 내게 몰린 기대와 그로 인해 쌓인 부담감을 조금이라도 덜 수 있다고 생각했던 것이다. '내가 만일 당신을 실망시키더라도 그건 내가 부족해서가 아니라 형이 워낙 대단해서인 거야. 나는 이 비극 안에서 일종의 피해자야.'

희한하게도 순식간에 세상이 훨씬 맑아 보였다. 마음을 둘러싸고 있던 오래 묵은 껍질이 한 꺼풀 시원하게 벗겨지는 느낌이었다. 아, 부담감 때문이었구나! 그래서 내가 말을 더듬었구나! 어린 내가 큰 오해를 했고 그걸 품고 20년을 넘게 살아왔구나!

드디어 알았다는 생각에 기분이 좋았다. 몸이 가벼웠다. 그리 유쾌한 사실이 아닌데도 문제의 실체를 알았다는 점이 이상할 정도로 위안이 되었다. 형을 향한 내 감정에 부담감이 포함돼 있었다는 점이 내 마음을 편하게 했다. 슬픔은 어쩔 수 없지만 부담은 그렇지 않으니까. 이겨 낼 수 있는 감정이니까.

말을 더듬어서 창피했던 수많은 나날들을 생각할 때는 분노를 자주 느꼈다. 나에게만 일어난 사고에 대한 분노, 아무리 해도 말 더듬을 고치지 못하는 나에 대한 분노, 자꾸 말을 할 수밖에 없는 상황을 만드는 세상을 향한 분노, 내 말 더듬을 보고 의아한 표정을 지은 사람에 대한 분노, 집에 와서도 부끄러운 순간을 떨쳐 내지 못하는 나를 향한 분노. 분노는 원망과 자책을 만들었고 원망과 자책은 슬픔을 가져왔으며 슬픔은 자존감을 무너뜨렸다. 무너진 자존감은 말 더듬을 악화했다. 과거의 어린 내가 가여웠다. 가엾다는 마음이 드는 순간 분노의 마음을 풀지 못했던 과거의 나를 꼭 안아 주고 싶어졌다. 가엾음이라고 해야 할지 연민이라고 해야 할지, 동정일지 공감일지 잘 모르겠지만 그 감정이 오래된 미움과 분노를 싹 밀어내는 듯했다.

선생님은 앞으로도 대화를 나누며 진짜 이유와 해결책을 찾아보자고 했다. 감사하다는 인사를 하고 자리에서 일어났다. 집에 돌아오는데 20년 넘게 말 더듬의 원인을 몰랐다는 게 어이없어 웃음이 났다.

지하철에 서서 부담감이라는 말에 대해 생각했다. 형이 내게 남기고 간 게 부담감이라니, 형이 알면 속상할 거다. 아들이 부담감을 안고 살아오느라 말 더듬에 시달렸다는 걸 알면 부모님도 마음이 아플 거다. 지원도 물론 그럴 거고. 왜 그런 바보 같은 생각을 안고 살았냐며 장난 섞인 핀잔을 줄지도 모른다.

우리는 어쩌면 자신에 대해서도 모르는 게 너무
많은 채로 살고 있는 게 아닐까. 우리 삶에는 누군가 다른
사람이 관심을 갖고 깊게 생각해 주지 않으면 알아채지
못할 무언가가 있는 게 아닐까. 그렇다면 우리는 서로에
대해 계속 질문해야 하는 게 아닐까. 나도 몰랐던 나를
발견할 수 있도록. 서로를 이해할 수 있도록. 상대가 낯선
인터뷰어든 상담 전문가든 친구든 가족이든 누구든 간에.

특별한 이야기의
기준

인터뷰를 나가는 길, 별안간 비장한 마음이 들 때가
있다. 오늘은 꼭 좋은 이야기를 꺼내 오겠다는 각오가 들
때가 있다. 그 각오 뒤에는 좀 속물스러운 마음이 있다.
마음을 건드리는 이야기를 전할 수 있다면 그 글을 쓴
나는 얼마나 멋질까. "그 얘기 제가 쓴 거예요"라고 말할
수 있다면 기분이 얼마나 좋을까. 좋은 글이 쌓일수록
세상에서 인정받는 사람이 될 거고 언젠가 '작가님'으로
불리는 날이 올 수도 있지 않을까. 유명해진다면 지금처럼
힘들게 일하지 않아도 될지도…….

터무니없는 상상인 걸 알지만 별별 생각이 다 드는
날이 분명 있다. 그런 날엔 길을 걷는 평범한 행인들의

모습이 보물 같은 이야기가 곳곳에 숨어 있는 금광처럼 보인다. 좋은 이야기의 힘은 강력하다고 믿기 때문에 언젠가 내가 찾은 이야기가 꿈같은 날을 선물해 주리라는 근거 없는 기대가 밀려들어 온다.

컨디션까지 좋은 날은 그런 기대감이 걷잡을 수 없이 부풀어 오른다. 그런 날에는 욕심을 부린다. 거리의 수많은 사람 중 누구를 섭외할지 고민할 때부터 머리를 굴린다. 아무나 섭외하지 않겠다는 마음이다. 겉에서부터 특별함이 묻어 나오는 사람을 골라 인터뷰하겠다는 결심이다.

딱 그랬던 하루가 기억이 난다. 날씨가 너무 더워 쇼핑몰로 들어가 실내 인터뷰를 하던 날이었다. 특별한 이야기를 발견하고 싶었던 난 나름대로 기준을 세워 평범해 보이는 사람은 그냥 지나쳤다. 옷차림이 특이하거나 외모가 눈에 띄는 사람에게만 말을 걸었다. 섭외 시도 자체가 적었고 성공률도 낮았다.

어찌저찌 섭외에 성공해도 문제였다. 겉모습이 눈에 띈다고 해서 꼭 특별한 이야기를 지니고 있는 건 아니었다. 머리를 노랗게 물들이고 기타를 멘 어떤 남자를 보고 달려가 인터뷰를 시작했는데 이야기가 전혀 새롭지 않았다. 내 인터뷰 스킬의 문제였겠지만 툭 건드리면 개성 있는 이야기가 쏟아져 나올 줄 알았는데 아니었다.

수없이 인터뷰를 거절당하고 인터뷰를
하더라도 만족스럽지 못한 순간이 반복되자, 함께
나간 포토그래퍼의 표정도 어두워졌다. 인터뷰어와
포토그래퍼는 한 팀이기 때문에 누구 한 명이 욕심을
부리면 다른 한 명이 힘들어진다. 나 때문에 인터뷰 시간이
길어지고 허탕을 치는 횟수가 늘어나고 있었다. 나도
시작의 다짐을 접을 수밖에 없었다.

　　끝내주는 이야기를 가지고 오자는 마음으로
시작했으나 오늘 할당량을 얼른 채우고 돌아가자는 생각이
고개를 내밀었다(한 번 나갈 때 네 명 이상은 인터뷰하자는 팀
약속이 있었다). 체력이 떨어지면서 빨리 집에 가고 싶은
마음이 점점 커졌다. 그러면 특별한 이야기를 품고 있어
보이는 사람이 아니라 인터뷰에 잘 응해 줄 것처럼 보이는
사람에게 눈이 가기 마련이다.

　　지극히 평범한 차림의 할아버지가 눈에 띄었다.
더위를 피해 실내로 들어오신 것 같았다. 착하고 순해
보이는 모습이 손주뻘의 내가 인터뷰를 청하면 흔쾌히
받아 주실 것처럼 보였다. 다가가 말을 걸었다. 땀을
뻘뻘 흘리고 계셨다. 처음에는 내가 어떤 요청을 하는지
잘 이해를 못 하셨다. 어르신들께는 훨씬 친절하고 쉬운
설명이 필요하다. 'SNS에 사람들의 인터뷰를 올리는

팀'이라는 소개로는 부족하다. 어떤 목적과 의도로 이 인터뷰를 하고자 하는지 찬찬히 설명했다. 할아버지는 땀을 닦으며 답하셨다.

"어차피 여기서 좀 쉬었다 갈 생각이었으니까 옆에 앉아서 이야기를 해 봐."

할아버지 옆에 앉으며 머릿속으로 어떤 질문을 던질지 구상했다. 어르신들은 자식과 손주 얘기 하는 걸 좋아하신다. 가족 이야기에서 심오한 메시지가 나올 확률이 높다. 또 은퇴를 하고 나면 허전함이 몰려오기 때문에 그 감정을 나눠 보는 것도 좋다. 연세를 고려해 직접 겪었을 역사적 사건에 대해 묻는 것도 괜찮은 접근이다. 또 대화를 나누다 보면 인터뷰가 옆길로 샐 확률이 높다. 특히 정치 이야기로 빠지면 정신을 똑바로 차리고 다시 인터뷰의 주도권을 가져와야 한다. 마지막으로 가장 중요한 것. 사람들은 대부분 피상적인 이야기를 먼저 하기 때문에 이야깃거리가 나왔다면 붙잡고 깊게 들어갈 수 있어야 한다. 그래야 고유한 이야기가 나오고 비로소 특별해진다. 그렇게 하지 않으면 평범하고 진부한 이야기에서 머물게 된다. 특히 이 할아버지의 경우처럼 인터뷰이에게서 사람들의 관심을 모을 만한 이야기를 기대하기 어려울 거라는 판단이 들 때는 인터뷰어의 노련한 질문이 필수다.

아이스브레이킹을 위해 내가 가볍게 물었다.
"어르신은 은퇴 전에 어떤 일을 하셨어요?" 할아버지는
건축 일을 했다고 했다. 뒤이어 내가 물었다. "어떤 건물을
지으셨어요?" 할아버지는 평생 집을 딱 세 개 지었다고
했다. 내가 예쁜 전원주택을 상상하면서 되물었다.

"어떤 집인가요?"

그 질문을 건네고 난 후, 더 이상 내 질문은 필요하지
않았다. 그 순간부터 할아버지가 들려준 이야기는
놀라움의 연속이었다. 그저 고개를 끄덕이며 할아버지의
이야기를 잠자코 들었다. 보통 20~30분 진행되는 인터뷰가
40분이 넘어도 끝나지 않았다. 평소라면 중간에 어떻게든
끊을 궁리를 했을 텐데, 할아버지의 이야기에 매료되어
정신을 차릴 수 없었다. 할아버지가 지었다는 집은 우리
모두가 아는 건물이었다. 을지로의 롯데호텔, 여의도의
63빌딩, 강변의 테크노마트.

할아버지는 세 개의 랜드마크 건축 프로젝트에서 건축
본부장으로 있었다고 했다. 그런 대형 프로젝트가 어떻게
움직이는지 듣는데 입이 떡 벌어졌다. 이 할아버지가
평범한 사람일 거라는 성급한 판단과 평범한 사람의

이야기를 특별하게 만들기 위해 인터뷰어의 역량을
발휘해야 한다는 오만함을 비웃듯, 그의 이야기는 쉼 없이
이어지며 내 마음을 때렸다. 그런 이야기를 품고 있는
사람인 줄도 모르고 겉모습만으로 판단했다는 사실이
부끄러웠다. 툭하면 평범한 사람들로부터 특별한 이야기를
꺼낸다는 폼나는 말을 내뱉는 사람이 그런 태도로
인터뷰에 임했다는 게 창피했다.

　할아버지의 이야기는 마무리까지 예술이었다.

"올해 여든두 살인데, 젊을 때 건축을 했어. 많이 하진
않았고, 평생 집을 딱 세 개 지었지."
"어떤 건물이었나요?"
"을지로에 있는 롯데호텔, 여의도의 63빌딩, 강변의
테크노마트."
"네?"
"건축 본부장으로 있었어. 설계도 하고, 시공사도 뽑고,
건축허가도 받고, 감독도 했지. 서울시를 설득할 때는 이
건물이 지어지면 교통에 어떤 영향을 미치는지 분석을
하기도 했고. 엄청 고생스러웠지. 건물 하나 짓기 위해서
해야 할 일이 너무나도 많았어."
"세 건물 모두 서울의 상징적인 건물이잖아요."

"그렇게 지은 건물이 랜드마크가 되고, 외신에 소개되고, 도시의 흐름이 바뀌는 걸 보면서 무척 기뻤지. 그만한 보람이 없었어. 하지만 그것도 다 옛날 일이지. 이제는 63빌딩보다 롯데타워가 서울의 랜드마크가 됐잖아. 요즘엔 내가 관여한 건물들 앞을 지나갈 일도 거의 없어."

"요즘은 어떤 일을 하세요?"

"정말이지 할 일이 없어. 몇 년 전부터는 더 이상 언론 인터뷰나 자문 요청도 오지 않으니까. 무료한 게 가장 큰 고민이 될 줄은 상상을 못 했는데 말이야. 다행히 오늘은 미술 수업에 가는 날이었어. 일주일 중 가장 좋아하는 날이지. 내가 건축을 시작하게 된 것도 꼬마일 적부터 그림 그리기를 좋아해서였거든."

그 정도로 엄청난 커리어를 지나 온 사람도 결국 가장 순수했던 시절에 좋아했던 일에서 큰 기쁨을 느낀다는 이야기였다.

깊이 감화된 채로 인터뷰를 마쳤다. 그리고 다시는 겉으로 드러나는 어떤 특징으로 누군가를 판단하지 않겠다고 다짐했다. 평범해 보이는 겉모습 때문에 이 어르신 같은 분의 이야기를 놓칠까 봐 하게 된 다짐은 아니었다. 나의 태도가 얼마나 어리석은지 확인하게 돼

충격이었기 때문이다. 나의 태도는 말 더듬 하나로 나를
판단해 상처 주었던 사람들과 다를 바 없었던 것이다.

특별한 이야기를 품고 있을 것 같은 사람에 대해
내가 세운 기준은 내가 봐도 터무니없었다. 게다가 내가
찾아야 할 것은 특별함이 아니라 고유함이었다. 고유할 때
특별해지는 것인데 나도 모르게 본질을 잊고 말았다.

그날 이후 특별한 이야기를 찾기보다 길에서 우연히
만난 사람의 이야기를 들을 수 있다는 사실 자체에
가치를 두었다. 군더더기가 빠져 말끔해진 기대감으로
임한 인터뷰들은 매번 나를 놀라게 했고 더 나은 사람이
되게 했다. 그날 랜드마크 할아버지와의 만남으로 사람을
대하는 나의 태도가 조금은 바뀌었다고 생각한다.

길거리 인터뷰를 요청할 때면 아주 많은 사람이
이렇게 말한다.

"저한테는 쓸 만한 이야기가 하나도 없어요."

나는 늘 이렇게 답한다.

"다들 그렇게 말씀하세요. 그런데 저 한번 믿어
보세요. 저랑 얘기 나누다 보면 스스로도 놀라실 거예요.
아, 나한테 이런 이야기가 있었네, 하고요."

(아픔이 묻어 있는)
이야기들

끔찍한 뉴스에도 마음이 무뎌지고 주변 사람들의
갈등에도 무감해질 때가 있다. 그저 나이 들었기
때문이라고 믿고 싶지만 세상과 더불어 나도 실리에만
눈 밝힌 채 바쁘게만 살아가는 탓이 아닐까. 이런 생각이
들 때마다 세상 탓은 그만하자고 다짐한다. 세상이
각박하기만 하고 더 이상 호의란 존재하지 않는다면, 세상
사람들이 길거리 인터뷰에 응할 이유도 없지 않을까.
하지만 여전히 인터뷰 요청을 흔쾌히 받아 주는 사람들이
있다. 어떠한 대가도 없이 속에 있는 이야기를 낯선
사람에게 내주는 수고를 기꺼이 하는 사람들이 있다.
그러니 세상은 여전히 살 만하다는 희망을 놓지 않게 된다.

길거리에서 처음 만난 사람이 꺼내는 얘기는 종종
엄청 깊다. 어떤 사람은 자살로 가족을 잃은 이야기를
털어놓고, 어떤 사람은 장애를 가진 가족과 사는 이야기를
한다. 누군가는 인생을 관통할 만큼의 큰 실패를 말한다.
오래된 친구나 가족에게 할 법한 깊은 이야기를 일면식도
없는 내게 나눠 준다.

깊은 이야기란 무엇일까. 내가 뭐라고 이건 깊고
저건 얕다고 말할 수는 없겠지만 그래도 내 생각을 적어
보자면…… 인터뷰를 하다가 마음이 크게 흔들릴 때가
있다. 가능한 오래 대화를 나누고 싶어질 때가 있다. 마치
영화나 드라마를 보듯 인터뷰이의 이야기를 넋 놓고 들을
때가 있다. 그런 이야기를 들으면 저절로 머릿속에서
그림이 그려진다. 너무 강력해서 압도되어 버리기도
한다. 낯선 사람의 서사가 나를 휘어잡아 어딘가 멀리로
데려가는 느낌이다. 감화되는 기분을 느낄 때 나는 그
이야기가 깊다고 여긴다. 감화되는 정도가 클수록 깊은
이야기라고 생각한다.

내가 만난 깊은 이야기들에는 아픔이 있었다. 마음을
건드리는 이야기들의 어느 한편에는 슬픔이나 상처, 좌절,
상실이 있는 경우가 많았다. 아픔이 있는 이야기는 어쩐지
그렇지 않은 이야기보다 애틋했다.

처음 보는 내게 아픈 이야기를 털어놓는 마음 자체가
놀라웠다. 용기라고 해야 할까? 가끔 어째서 그게 가능한지
생각한다. 알 수 없지만 사람에겐 나의 이야기를 남과
나누고 싶은 본능이 있는 게 아닐까. 단순히 나누는 것을
넘어 내 얘기를 많은 이들에게 내보이고 싶은 욕구일 수도
있다. 다시 말해 낯선 타인에게조차 마음을 열고 싶어 하는
게 사람인 것 같다. 그게 쉽지 않은 일이라는 게 문제지만
그렇게 함으로써 사람은 스스로의 존재를 느낄 수 있는 게
아닐까.

"벌써 25년 전인가, 세 살인 큰아들하고 돌도 안 지난
작은아들을 데리고 집을 나왔어. 남편이 너무 무능력한데
낭비벽도 심해서 도저히 같이 살 수 없겠구나 싶었거든.
나와선 정말이지 안 해 본 일이 없이 다 했어. 식당
일도 하고 남의 집 애도 봐 주면서 꾸역꾸역 살았지.
그런데 우리 아이들이 중학교 들어갈 때가 되니까 너무
힘들어지더라고. 애들도 머리가 커져서 컴퓨터 같은
것들도 사 줘야 했으니까. 그때 집 나오고 처음으로
남편을 찾아갔어. 큰 걸 바란 건 아니지만 아이들
양육비라도 좀 보태 줄 수 있을까 했지. 그 사람은 전혀
바뀐 게 없었어. 차를 끌고 왔길래 어느 정도 잘살고

있나 보다 싶었는데 알고 보니 다 빚이었어. 여전히
허세만 부리고 있던 거지. 그런데…… 내가 아이들
데리고 찾아간 지 몇 주 안 돼서 남편이 아파트에서
뛰어내린 거야. 나는 아이 둘을 데리고도 10년 넘게
잘 지내 왔는데, 자기는 홀몸인데도 예전이랑 똑같이
아무것도 해 줄 수 없다는 사실에 무력감을 느꼈나
봐. 나는 그 시간 동안 어떤 일이 있더라도 참아 내면
결국에는 살아갈 길이 생긴다는 걸 배웠는데. 나는 그걸
못 참아 낸 남편보다 우리 아이들이 불쌍해. 15년 만에 본
아버지였을 텐데."

"초등학교 3학년 때 저와 싸운 친구가 그러더라고요. '야,
너네 오빠 장애인 등록한다며? 이제 공식적으로 바보
되는 거냐?' 그때 오빠가 자폐성 장애를 갖고 있다는
사실이 저를 공격하는 무기가 될 수 있다는 걸 처음
알았어요. 그래도 저는 오빠의 병을 숨기지 않았어요.
엄마가 늘 말했거든요. 오빠가 남들과 다른 건 장애가
있어서고, 장애는 부끄러워하거나 숨길 게 아니라고요."
"어머니 말씀을 계속 마음에 품고 사셨군요."
"꼭 그렇지만은 않아요. 지금 생각하면 부끄러운
얘기지만 어릴 적엔 오빠의 장애를 저를 높이고

방어하기 위해 썼어요. '나는 이런 역경과 고난을 잘 이겨
내고 살아가는 훌륭한 사람이야'라는 마음이었던 거죠.
그렇게 하면 사람들이 제 앞에서 장애를 놀림거리로
삼지 않았고, 저를 장하게 봐 줬거든요. 그런 제 자신을
보며 죄책감을 느끼면서도 그만둘 수가 없었어요. 그러다
대학에 왔어요. 반수를 결심해서 학교 사람들과는 한
학기만 지내면 됐죠. 적응을 못 하더라도 그냥 떠나면
되는 관계라고 생각하면서 처음으로 주변 사람들에게
오빠 얘기를 안 했어요. 그래도 괜찮더라고요. 나
자체로도 괜찮은 거였어요."

"내가 올해 90인데, 젊었을 때 스피드스케이팅
선수였어. 그때가 일제강점기 때였거든. 아이스링크
같은 게 있었나, 없었지. 그래서 여름에는 체력
훈련만 했어. 땅바닥에 쿠션을 놓고 그 위에서 앉았다
일어났다를 하루에 천 개씩 했지. 그러다가 10월이 되면
우리나라에서 얼음이 가장 먼저 어는 평안북도 강계로
올라갔어. 그제야 스케이트를 탈 수 있는 거지. 논에다가
물을 얼려서 스케이트장을 만들고 말이야. 겨울이
깊어질수록 점점 남쪽으로 내려오면서 훈련을 하는 거야.
그만큼 환경이 열악해서 섬세한 기술 같은 건 생각할

수도 없었어. 국제대회를 나가면 매끈한 얼음 위에서 훈련하는 외국 선수들하고는 상대가 안 됐지. 그래도 스포츠는 열정이거든. 정말 죽어라 했어. 사람들은 대회에 나와서 활약하는 모습만 보지만 그때까지의 노력은 이루 말할 수도 없지. 그렇게 노력을 했기 때문에 큰 대회든 작은 대회든 먼저 골인했던 순간들이 다 기억에 남아. 정말 기뻤지. 그런데 나 스물네 살 때 6.25가 터진 거야. 모든 걸 다 접고 전쟁에 참가해야 했어. 전쟁이 끝나고 겨우 상황을 추스려 보니 나는 이미 서른이 넘어 있었어. 그대로 은퇴를 해야 했지. 하지만 미련은 없어. 그저 인연이 없었을 뿐 내가 어쩔 수 있는 게 아니었어."

아픔이 묻어 있는 이야기를 들었다고 내 기분이 꼭 가라앉는 건 아니다. 오히려 어딘가 위로받고 있는 느낌, 감싸안기는 따뜻한 느낌을 받는다. 지난날의 아픔을 얘기하는 인터뷰이의 표정이나 말투도 꼭 슬프지만은 않다. 덤덤하거나 오히려 희망에 가득 찬 듯할 때가 더 많다. 내 생각에 낯선 사람에게 털어놓을 수 있다는 건 그 이야기가 더 이상 아프기만 한 것은 아니라는 뜻인 것 같다. 아픔 속에서도 어떤 희망을 찾고, 그렇게 어느 정도

199

극복을 하고 나면 남에게 덤덤하게 들려줄 힘이 생기는 게
아닐까 한다.

스피드스케이팅 선수였던 할아버지는 한국전쟁으로
꿈을 포기해야 했음에도 그 이야기를 하며 웃었다. 그 덕에
삶을 대하는 태도가 단단해졌다는 듯이. 나도 할아버지가
멋지다고 생각했다. 가진 것을 모두 내려놓아야 하는
상황을 덤덤하게 대할 수 있게 만들어 준 어떤 떳떳함이
그랬다.

길거리 인터뷰를 하면서 만난 아픔이 묻은 이야기들이
대부분 이런 느낌을 줬다. 같이 아파하기보다는 이야기를
통해 희망을 함께 바라보게 되는 기분 말이다. 깊은
이야기에서 나는 궁극적으로 희망을 찾았다.

자연스럽게 나는 내 아픔을 떠올린다. 형의 사고나
내 말 더듬 같은 것 말이다. 내 이야기를 듣는 사람은 내
상처를 어떻게 느낄까. 내 이야기를 통해서도 더 잘 살아갈
교훈을 얻거나 희망을 볼 수 있을까. 사실 그런 이야기를
이 책을 통해 길게 하고 있는 것인데, 읽는 사람에게
어떻게 가닿을지 모르겠다. 갑자기 긴장이 된다.

따뜻한 파도가
발끝부터 밀려오듯

나 같은 사람이 나뿐이라고 느낄 때 나는
우쭐해지거나 외로워진다. 좋은 특별함으로 내가
특별해질 때는 그렇게 스스로가 자랑스러울 수 없다. 영화
취향이라든지 인테리어 안목이라든지 하는 것들로 남과
구별될 때 나는 콧대가 높아진다. 그렇지만 구분됨으로써
외로워질 때가 더 많았다. 단점 때문에 나 같은 사람이
나밖에 없는 것처럼 느껴질 때 그랬다. 유달리 정리가 안
되는 곱슬머리나 보통 사람에 비해 큰 머리통, 당연히 말
더듬도 나를 외롭게 만드는 나의 특징 중 하나였다.

글쓰기 플랫폼에 말 더듬에 대한 글을 여러 차례 쓴
것도 외로움을 달래기 위해서였을 것이다. 내 이야기에

'좋아요'와 댓글이 달리는 게 좋았다. 그런 반응
하나하나가 소중했다. '좋아요'가 별로 없을 때는 막
우울했다. 나의 이야기가 사람들에게 어떤 느낌도 이끌어
내지 못한다면 좀 눈물이 날 것 같았다.

글쓰기 플랫폼에 말 더듬에 대한 글이 어느 정도
쌓였을 때 더 이상 쓸 말이 생각나지 않았기에 글쓰기를
멈췄다. 언제나 그랬다는 듯 다시 외로움이 나를 가만히
감쌌다.

H에게 메일이 온 건 글쓰기를 멈추고 한참이
지나서였다. 글쓰기 플랫폼을 통해 메일이 하나 와 있었다.
잘 확인하는 계정이 아니었기 때문에 몇 주가 지나서야
메일함에 있는 걸 발견했다. 넘치도록 쌓여 있는 스팸메일
사이 나에게 닿고자 하는 의지가 뚜렷한 제목이 눈에
띄었다. 메일을 연 나는 하던 생각을 멈췄다.

H는 현역 군인이었다. 아직 일병이었다. 그는 말을
더듬었다. 군대는 말을 잘 못하는 것만으로도 혼날 수 있는
곳이기 때문에 그는 괴로웠다. 강압적인 분위기 속에서
말 더듬은 심해졌다. 그 안에서 1년 이상은 더 있어야
하는데 좌절만 하다 나가게 될 것 같았다. 이대로라면
군생활에서 겪은 좌절이 사회생활에도 영향을 미칠 게
뻔했다. 군대에서든 사회에서든 말 더듬을 고쳐야 할

텐데, 군에서의 2년이 말 더듬을 마치 평생 몸에 붙어서 떨어지지 않을 질긴 기생충처럼 만들어 버리는 느낌이라고 H는 말했다. 좋아하는 것도 많고 하고 싶은 일도 많은데, 출발선에서부터 발목 잡힌 기분이 정말 싫다고 했다. 그 고민을 군대 안에서 하고 있자니 숨이 막힌다고 했다. 그러던 차에 지푸라기라도 잡는 심정으로 검색창에 '말 더듬'을 입력했단다. 그때 검색 결과로 뜬 내 글을 발견한 것이다.

　　H가 내게 쓴 메일은 진심으로 가득 차 있었다. 어쩌면 외로움으로 가득 차 있었는지도 모르겠다. 메일에서 그는 군대에서 말 더듬 때문에 괴로운 자신의 처지를 설명했다. 제대 후가 더 막막한 마음도 묘사했다. 그리고 말을 더듬으면서도 잘 살고 있는 것처럼 보이는 나에게 도움을 요청했다. 한마디라도 좋으니 조언을 좀 달라고.

　　메일을 읽고 두 가지에 놀랐다. 첫째는 수려한 문장이었다. H의 생생한 묘사로 순식간에 내 머릿속에 H의 군생활이 그려졌다. 말이 어려운 사람이 만든 문장이라곤 생각할 수 없을 정도였다. 내가 그런 것처럼 H도 글쓰기를 통해 말로는 수월하게 전달할 수 없는 자신의 생각을 표현하며 갈증을 채우고 있는 것 같았다. 또한 그 일에 상당한 재능이 있는 듯 보였다.

둘째는 도움을 달라는 요청이었다. 나는 글에 단지 말더듬이로서 살아가는 일상을 담담히 기록했을 뿐이라고 생각했다. 하지만 그는 어떻게 말을 더듬는데도 그렇게 지낼 수 있냐는 말을 하고 있었다. 그동안 내가 받은 대부분의 반응은 위로나 응원의 메시지였는데 '부럽다'는 말을 한 건 H가 처음이었다. 자세를 고쳐 앉고 그가 보낸 메일을 다시 읽었다.

답장에 미안하다는 말부터 썼다. 그는 해결방안을 원하고 있었지만 나는 그걸 줄 수 없었다. 다만 줄 수 있는 게 없다는 말로 끝낼 수가 없어서 구구절절 이런저런 내용을 덧붙였다. 아마 사회에 나와서 취업을 못 하면 어떡하지 하는 걱정이 클 텐데, 나는 여전히 말을 더듬지만 일자리를 찾았다. 심지어 연애도 한다. 어제도 말을 더듬어서 절망했지만 그래도 나름대로 잘 살고 있다. 그러니 힘내셔라…… 같은 내용이었다.

얼마 안 돼 답장이 왔다. H의 첫 문장은 이랬다. "해결방법을 못 주신다는 말이 실망스럽지 않습니다." 그리고 덧붙였다. 자신은 카페에 가도 주문을 대신 부탁하는 사람이다. 그런 현실이 보고를 많이 해야 하는 군대에 오니 확 실감이 났다. 그래서 '말 더듬 완치' 같은 내용으로 검색을 많이 했다. 하지만 검색 결과는 절망스러운 것들뿐이었다. 완치는 사실상 불가능하다거나 나아진다고 해도 딱히 명확한 이유는 찾기 힘들다거나 하는 내용들이었다. 그런 글만 즐비한 검색 결과 속에서 발견한 당신의 글은 말더듬이로서 일상을 살아가는 내용을 담고 있어 눈에 띄었다. 잘 살지 못할까 봐 걱정하던 자신에게 어떻게든 살아가고 있는 당신의 모습은 그 자체로 위로가 됐다……. H는 앞으로도 연락을 이어 가자고 했다. "함께라면 극복도 가능하지 않을까요?"라면서.

따뜻한 파도가 발끝부터 밀려오듯 안도감이 내 안에 퍼졌다. 얼굴도 한번 보지 못한 사람에게 이토록 동질감과 소속감을 느끼게 될 줄은 몰랐다. 그렇게 2020년대의 일이라기엔 좀 많이 어색한 두 남자의 펜팔이 시작됐다.

우리는 주로 말 더듬에 대해 대화했다.

"나는 ㄱ, ㅋ, ㅌ 같은 발음에 말을 더듬는데 H님은 어때요?"

"저는 ㄷ, ㅈ, ㅊ으로 시작하는 단어가 어려워요."

"가끔 말을 할 때 얼굴이 일그러지는데 그게 정말 부끄러워요."

"ㅋㅋㅋ 저도 그래요. 친한 친구들은 이해해

주지만요.”

"말을 처음 더듬게 된 순간이 어렴풋이 기억나네요. 어느 날부터 갑자기 그랬어요.”

"저는 어릴 적에 사고가 있었어요. 가족을 잃었거든요.”

단지 나는 이렇다, 너는 어떻냐 라는 대화를 나눌 뿐인데 메일을 받을 때마다 기쁜 감정이 몰려왔다. H가 들려주는 말 더듬 이야기는 그 자체로 위로가 되어 내 마음을 휘감았다. 밤마다 기대되는 기분으로 메일함을 열었다. H와 나는 말 더듬이 아닌 얘기도 나누기 시작했다.

H는 영화를 공부하는 학생이었다. 나처럼 가정사가 있었고 그로 인해 꽤 아팠다. 게다가 형편이 쉽지 않았다. 그런데도 H의 어머니는 16만 원짜리 오페라 공연 티켓을 기꺼이 살 만큼 그의 견문을 넓히는 데 힘썼다. 예술에 대한 마음이 자라나 영화를 공부하는 현재를 만들었다. H는 자기 이야기를 블로그에 쓰기도 했는데, 읽으면 그의 기억이 손에 잡힐 듯했다. 읽는 사람에게 즐거움을 줄 만큼 매력적인 글솜씨였다. 언젠가 그가 영화를 만든다면 마음을 후벼 파는 작품이 나올 수 있겠다는 기대감이 생겼다.

마케터인 나는 내가 하는 일의 속성이나 기쁨, 또

슬픔을 나눴다. H는 좋은 동네 형을 만나 마음을 터놓는 기분이라고 했다.

1년 정도가 지나고 H는 전역했다. 펜팔은 서서히 뜸해지다가 완전히 끊겨 버렸다. 한번쯤 보고 싶다는 마음도 있었지만 서로 말을 더듬느라 자리가 어색해질까 봐 오래 망설였다. 결국 만나자는 제안도 못 했다. 아마 앞으로 메일을 한두 번 더 보내 볼 수는 있겠지만 그 이상의 대화를 나누긴 어려울 것이다. 그래도 H의 이름을 기억하고 있으니, 언젠가 훌륭한 영화에서 그의 이름을 볼 날을 기대할 것이다. 연락이 이어지지 않아도 내가 그를 응원하는 마음에는 변함이 없다.

친구의
발인

대학 동기가 세상을 떠났다는 소식을 들었다.
과대표였던 친구가 전화로 덤덤하게 말했다. 어떤 사족도
없이 "OO가 죽었대"라며 용건만 간단히. 아마 그게
우리가 받을 충격을 줄여 주는 방법이라고 생각했던 것
같다.

세상을 떠난 친구의 인스타그램에 들어가니 불과
며칠 전까지 좋아하는 축구팀을 응원하는 사진이 있었다.
그와 축구팀에 대해서 나눴던 대화들이 떠올랐다. 우리는
해외 축구팀에 이렇게까지 마음이 가는 이유가 뭘지에
대해 얘기를 나눈 적이 있었다. 쉽게 이해받지 못할 취미를
공유하며 은근한 동질감을 느꼈다. 친구의 제일 최근

포스팅에는 충격과 슬픔, 추모의 댓글이 이어지고 있었다. 나는 멍하니 댓글을 읽으며 애써 마음을 가라앉혔다.

곧이어 친구의 장례식 안내 문자가 도착했다. 가슴이 내려앉았다. 문자에 적힌 발인일을 보고서였다. 세상을 다 살지 못한 친구의 발인 날짜를 보는 순간, 세상을 다 살지 못한 우리 형의 발인을 내가 보지 못했다는 사실이 떠올랐다. 동시에 며칠 뒤 친구의 발인을 지켜봐야 한다는 사실이 두려움이 되어 나를 사로잡았다. 열 살 때 그런 광경을 보기 힘들어서 부산으로 내려갔던 나는 어른이 돼서도 더 단단해진 게 없었다.

열 살의 나는 부모님과 할머니, 형의 친구들이 통곡하는 장례식장의 분위기를 견디기 어려웠다. 아빠가 장례식 셋째 날에는 영정사진을 들고 형의 마지막 길을 앞장서 달라고 했지만 난 정말 그 자리에 있기 싫었다. 형이 없다는 게 실감 나지 않았고 영웅 같았던 어른들이 무너지는 모습을 보는 게 괴로웠다. 더 찢어질 부모님의 마음도 모르고 발인에 가기 싫다고 떼를 썼다. 그래서 형의 빈소를 하루만 지키고 부산에 있는 외삼촌 댁으로 갔다.

부산은 형과 내가 방학 때마다 찾는 도시였다. 우리에겐 여름방학의 환희로 가득 찬 곳이었다. 그런 부산도 그 시간만큼은 축축하고 어두웠다. 형의 장례식이 끝날 때까지 나는 아무 곳에도 가지 않고 외삼촌 댁에 머물렀다. 창밖 도시의 공기가 변하는 걸 천천히 느꼈다.

형의 장례식과 발인을 지키는 게 마땅히 내 몫이었다는 건 어른이 돼서야 알았다. 후회하지는 않았다. 그 절차를 꼭 지나야 한다는 게 마음에 들지 않았다. 형을 떠나보내는 방법을 세상이 맘대로 정해 둔 것 같았기 때문이다.

친구의 발인을 보러 가는 길은 멀었다. 친구들을 여럿 태우고 장거리를 운전하면서 마음의 준비를 하고 또 했다. 깊은 곳 어딘가 두려운 마음과 슬픔이 뒤엉켜 간지러웠다.

이윽고 시작된 친구의 발인. 그곳에서 아들을 보내야 하는 가족을 봤다. 머릿속에서 형의 발인 날 풍경이 제멋대로 그려졌다. 우리 부모님도 저렇게 통곡했을 것이다. 형 친구들도 목 놓아 울었을 것이다. 우리 엄마도 치미는 슬픔을 억누르고 아들의 마지막을 배웅하러 온 친구들을 챙겨 주었을 것이다……. 생각했던 것보다 훨씬 더 슬프고 무거운 광경이었다.

줄이 치렁치렁 달린 헤드폰을 각자 낀 채로 형과 서태지와아이들 노래를 들으며 안방에서 춤추던 기억이 떠올랐다. 나는 형과 놀 때 경험하게 되는 찰나의

무아지경이 좋았다. 형이 떠난 뒤로는 신나게 정신줄 놓는
순간을 좀처럼 만나지 못했다.

잃어버린 기억들이 하나둘씩 되살아나자 감당하기
힘든 기분이 들었다. 그리고 그만큼의 허전함이 나 외의
사람들―엄마, 아빠, 사촌 형과 누나, 형의 친구들, 형을
아끼던 선생님―에게도 똑같이 있겠구나 하는 생각이
이어졌다.

무심코 넘겼던 일들도 생각났다. 집 한편의 어느
상자에서 형에게 쓴 엄마의 편지를 발견했던 일, 얼마 전
"요즘 자꾸 꿈에 네 형이 나와" 지나가듯 건네던 아빠의
한마디, 형의 둘도 없는 단짝이 여자친구에게 "내가 자주
말했었지? 옛날에 친했던 친구. 걔 동생이야"라며 나를
소개했던 일. 그들에게도 형의 죽음은 감당하기 힘든
상처였다. 모두 나만큼, 어쩌면 누군가는 나보다 더 큰
슬픔에 한순간 깔려 버렸겠구나, 하는 생각이 들었다. 높은
슬픔의 파도가 순식간에 덮쳐 그들의 일상 곳곳을 눈물로
메워 버렸겠구나.

엄마도, 아빠도, 형의 친구도 슬펐지만 잘 살기 위해
노력했다. 아빠는 사업을 궤도에 올리기 위해 쉴 새 없이
일했고, 엄마는 내 교육을 위해 사방으로 뛰었고, 형의
친구는 원하던 대학에 진학해 어릴 때의 꿈에 가까워졌다.

211

20년 가까이 내 슬픔만 더듬느라 주변의 눈물과
노력을 전혀 보지 못했다. 어떻게 그런 시간을 겪고도 잘
살아왔을까 다들. 유일하게 나만 그 슬픔에 발이 걸려
그대로 주저앉아 버렸다. 형의 죽음이 남긴 흉터가 말
더듬이라는 모습으로 나에게 가장 분명하게 새겨져 있다는
핑계로.

형의 슬픔에 가슴이 뚫렸던 사람들이 말을 더듬는
나를 보면 기분이 어땠을까. 말 더듬 때문에 미운 모습까지
목격하게 됐을 때 어떤 생각을 했을까. 마치 형을 떠나보낸
슬픔이 동생의 몸에 붙어 있는 것처럼 보이지 않았을까.
어쩌면 내가 말을 더듬을 때마다 마음이 더 무너지지
않았을까.

형의 죽음은 내게 큰 상처로 남았지만 나 또한 그
상처를 드러내며 주변 사람들에게 또 다른 상처를 주었을
것이다. 형을 잃은 슬픔뿐만 아니라 나의 말 더듬까지
견뎌야 했던 부모님과 친구들의 마음이 얼마나 아팠을까.

친구들을 차에 태우고 돌아오는 길에 속으로 몇
번이나 울음을 삼켰다. 이제 나에게만 향하던 시선을 돌려
주변을 돌아볼 차례라는 걸 알 수 있었다.

세상에 나오지 못한
이야기들

엄마는 시니어 모델이다. 어느 날 모델이 하고 싶어
도전했다더니 이제는 프로라고 해도 될 만큼 많은 무대와
방송에 선다. 이 얘기를 휴먼스오브서울 팀에 했더니
동료가 시니어 모델 특집 인터뷰를 하면 어떻겠냐고 했다.
내가 보기에도 재밌는 이야기가 나올 것 같았다. 엄마를
통해 시니어 모델 에이전시에 다니는 분들을 섭외했다.

엄마도 인터뷰이 중 한 명이었다. 어딘가 쑥스러워서
엄마 인터뷰는 동료에게 맡겼다. 몇 주가 지난 뒤 인터뷰가
나왔다.

"첫째 아이의 어릴 때 꿈이 의사였어요. 뭐를 하든 뛰어난

아이였으니, 지금 살아 있다면 의사가 됐을 거예요.
생전에 자기는 의사가 돼서 아프리카로 자원봉사를
가고 싶다고 한 적이 있거든요. 한참 지난 후의 일이지만
제가 했어요. 의사는 아니지만 미용을 속성으로 배워서
의료진들이 인도네시아 작은 마을로 봉사활동 갈 때
따라갔어요. 거기서 필요하신 분들 머리커트를 해
드렸어요. 코로나 때문에 해외는 갈 수 없으니, 요즘은
혼자 사시는 어르신들 보살펴 드리는 일을 하고 있어요.
어르신들 목욕시켜 드리다 보면 땀으로 흠뻑 젖지만
힘든 줄 몰라요."

형의 꿈이 아프리카로 의료 봉사를 가는 거였다는
사실도, 엄마가 해외 봉사를 다녀왔다는 사실도 알고
있었다. 하지만 엄마가 해외 봉사를 가면서 형의 꿈을
떠올렸다는 건 몰랐다. 단지 좋은 마음으로 봉사를
하는구나, 하고 짐작했을 뿐이다.
　며칠 뒤 식사 자리에서 엄마에게 말했다.
　"엄마가 해외 봉사를 간 게 형 때문이었는지 몰랐네"
　그 한마디에도 엄마 눈에 눈물이 맺혔다. 우리는 한
가족이지만 각자의 방식으로 형을 기억하고 있었는데 이
대화를 나누는 순간만은 같은 감정을 공유했다.

가족이 네 명에서 세 명으로 줄어든 허전함은 각자의
삶에서 드러나고 각각의 슬픔으로 이어진다. 슬픔의
모양은 같지 않아서 서로 다른 방식으로 마음이 망가진다.
나는 형과 노는 순간이 없어져서 아픈데, 엄마는 형을 못
보는 게 아프다. 각기 다른 부분이 다쳤다 보니 일상을
다시 살아 내는 과정에서 엄마와 나 사이에 갈등이 일기도
했다. 난 형과 놀러 가던 기억을 엄마가 채워 줬으면 했고,
엄마는 형처럼 내가 의젓하게 꿈을 이뤄 가길 바랐다. 우리
두 사람은 자주 충돌했다. 집에 들어가기가 싫은 적도
있었다. 어떤 말을 해도 와닿거나 가닿지가 않는 순간들이
많았다.

아껴 주는 부모 밑에서 알아서 철이 들고 번듯이
살면 좋았을 텐데 그러지 못했다. 제 손으로 이룬 건 없는
주제에 거만했다. 잘해 주는 주변 사람들을 무시하기도
했다. 누군가 진심 어린 충고를 하면 나를 공격하는 말로
받아들일 때가 많았다. 그러면서도 스스로를 탓하고
깎아내렸다. 마음대로 되지 않으면 쉽게 짜증을 냈다.
짜증은 가까운 사람에게로 향했다. 학교에서 속상한 일이
생기면 그 자리에서 해결을 볼 생각을 하지 않고 참았다.
참았던 마음은 꼭 엄마나 아빠나 가장 친한 친구 앞에

가서야 터졌다.

중학생 때 남자애들 사이에서 헤어왁스가 유행이었다. 모두들 왁스를 떡칠해 머리를 띄우려고 했고, 그걸 잘하는 애들은 인기가 많았다. 나도 멋있게 보이고 싶어 등교하기 전 화장실에서 긴 시간을 보냈다. 내 머리카락은 곱슬이 심하고 잘 뻗쳐서 머리 세팅이 잘 안 됐다. 그럼에도 어떻게든 만들어 보려고 계속 손을 댄 게 화근이었다. 머리 위에 잔디 한 삽을 얹은 것처럼 스타일이 이상해졌다.

친구들은 희한한 모습을 하고 나타난 나를 놀렸다. 대놓고 비웃는 친구도 있었고 "오~ 왁스 발랐네, 근데 여기가 좀 떡졌다"라고 예의를 갖춰 말해 준 친구도 있었다. 은연중에 말한 것이든 아니든 나는 요상한 분위기를 느꼈다. 학교 화장실 거울에 비친 내 모습이 너무너무 구렸다. 내내 기분이 좋지 않았다.

하교 후 학원 가는 길, 마침 옆을 지나던 엄마가 차를 태워 줬다. 엄마는 조심스럽게 말했다. "두현아 머리가……" 엄마가 말을 끝맺은 것도 아닌데 너무나도 화가 났다. "아 엄마가 뭘 안다고!!!"라며 소리쳤다. 엄마도 내게 버르장머리 없는 자식이라고 내쏘았다. 나는 엄마가 어떻게 그런 말을 할 수 있냐고 대들었다. 우습게도 머리 모양 때문에 촉발된 말다툼이 온갖 과거의 서운한

기억을 몰고 왔다. 달려들듯 대드는 아들을 보고 엄마가
그랬다.

"너도 형처럼 엄마 속 썩일래?"

형이 무슨 속을 썩였다는 건지 알지도 못했지만 그런
말을 듣고 나면 어쩐지 세상에서 가장 불행한 사람이
된 기분을 느꼈고 땅이 꺼질 것처럼 슬펐다. 우리 둘은
말다툼이 왜 시작됐는지도 잊은 채 서로를 미워하기에
바빴다.

사춘기의 자식과 부모가 다들 그런지도 모르지만
이런 다툼은 시도 때도 없이 일어났다. 나는 시한폭탄 같은
아들이었고 그런 아들을 어떻게 대해야 하는지 부모님은
알지 못했다. 짐작이지만 부모에게도 자녀를 대하는
방법을 배울 시간이 필요하고 나름의 순서가 다 있는데,
형이 떠나면서 우리 가족의 스텝이 조금씩 엉킨 게 아닐까.

엄마를 처음 만난 인터뷰어가 어떻게 아들인 나도
모르는 이야기를 끌어낸 걸까? 그의 인터뷰 스킬이
좋아서? 물론 영향이 있겠지만 극히 일부일 뿐이다. 비결은
단순하다. 질문을 던졌기 때문이다.

상대를 궁금해하고 질문을 던지면 예외 없이 마음을
움직이는 이야기가 나온다는 걸 이제 안다. 살면서

소중하게 생각해 온 것들, 희로애락의 순간들을 물으면
인생을 살아가는 방식이나 품고 사는 가치관의 근원을
유추할 수 있는 이야기가 나온다. 그렇기 때문에 내가
길거리에서 얻은 모든 사람들의 말이 정말 귀했다.

"1979년 7월 17일부터니까 딱 40년째 됐네."
"40년이라는 긴 세월을 함께한다는 건 어떤
의미인가요?"
"침대 이불 속에서 누군가 방귀를 뀌어도 아무렇지도
않은 거야."

"나이를 먹는다는 건, 나 혼자 할 수 있는 게 생각보다
적다는 걸 알게 되는 거예요."

"나는 아침에 출근할 때마다 거울을 보고 한 번씩 웃어.
내가 어떤 얼굴을 하고 있나 항상 확인하지. 웃을 일이
없어도 계속 웃다 보면 나중에는 이게 습관이 되거든."

"만삭사진 찍으러 나왔어요. 이 기다림을 기록으로
남기지 않으면 언젠간 잊히고 말 테니까요. 잊고 싶지
않은 순간이거든요. 잘 간직하고 있다가 아이와 대화할

수 있을 때가 오면 사진을 보여 주면서 말할 거예요.
'우리가 널 이렇게 기다렸어'라고요."

세상은 너무 쉽게 사람을 판단하고, 판단 기준도 그
사람이 어떤 이야기를 갖고 있느냐가 아니라 나이나 직업,
직책 같은 것들이다. A라는 직업을 가진 사람은 깐깐할
거야. B라는 직책에 오른 사람은 앞뒤가 꽉 막혀 있을 거야.
저 세대는 사고방식이 고리타분해서 말이 안 통해…….
미디어에서는 사람들을 몇 마디 숫자나 단어로 표현하곤
한다. 때론 유명인의 삶을 조명하며 그것이 곧 우리나라
사람들의 평균적인 삶인 것처럼 말하기도 한다. 하지만
당장 스스로를 돌아봐도 그렇지 않다. 몇 마디로 정의
내리기엔 우리의 삶은 너무 복잡하다. 내가 어떤 사람인지
말하기에는 책 한 권도 부족할 만큼. 본인만이 겪은 수많은
이야기가 있고 그 이야기들이 모여 지금 우리의 모습을
만들어 냈다. 다른 사람의 모습으로 대신할 수 없고 형용사
몇 개로 표현할 수도 없다.
　주변의 이야기를 하나둘 수집하다 보면 편견이
깨진다. 모든 사람이 고유의 이야기를 품고 있다는 걸
알게 되기 때문이다. '저 무표정한 사람들의 마음속에도
저마다의 이야기가 있다'고 생각할 수 있게 된다. 이는

내가 길거리에서 수많은 사람을 만나 즉석에서 이야기를 들으며 알게 된 틀림없는 사실이다.

서로에게 질문하는 순간이 쌓이면 세상이 조금 달라진다. 별볼일 없어 보이던, 자기 것이 아닌 이름으로 이해당하던 사람들이 사실은 자기만의 이야기를 품고 있음을 알 때, 서로에게 조금 더 친절해질 수 있다. 오랫동안 관계가 좋지 않았던 사이더라도 묻는 것만으로 회복될 수 있다고, 진심으로 생각한다.

아무도 물어보지 않아서 세상에 나오지 못한 이야기가 얼마나 많을까. 셀 수 없이 많을 것이다. 그러니 친구들에게 가족들에게 동료들에게 오늘은 무슨 일이 있었는지, 살아오면서 가장 행복했던 순간은 언제인지, 또 슬펐던 건 언제인지 물어보면 좋겠다.

(엄마와
인터뷰)

휴먼스오브서울 홈페이지에 있는 소개글은 이렇다.

"휴먼스오브서울은 신문에서 보는 유명인의 이야기가
아닌 우리의 진솔한 삶을 보여 주기 위해 시작했습니다.
길거리에서 무작위로 섭외한 사람들을 대상으로 살면서
종종 잊곤 하지만 우리 삶의 기초를 이루는 행복,
슬픔, 용기 등에 대해서 물었고, 그때마다 모두 똑같아
보이던 낯선 사람들에게서 고유한 이야기들을 발견해
왔습니다."

내게 새로웠던 건 행복, 슬픔, 용기에 대한 질문들이

삶의 기초를 이룬다는 부분이었다. 생각해 보면 맞는 말이었다. 어디에서 행복을 느끼는지, 어떤 일을 겪을 때 슬픈지, 가장 용기를 내야 했던 상황은 무엇이었는지 묻다 보면 그의 삶이 어떻게 이루어져 있는지, 가장 밑바닥에서 그를 지탱하고 있는 것은 무엇인지가 어렴풋이 손에 잡힐 것 같았다. 가장 기초적인 감정을 언제 느끼냐에 따라 각기 다른 모양의 삶을 살게 되는 게 아닐까.

그런데도 "가장 슬펐던 순간은 언제예요?" 같은 질문은 낯설다. "언제 행복을 느껴?" 같은 질문은 괜히 좀 민망하다. 상대를 잘 이해하기 위한 가장 중요한 한마디일지도 모르는데 우리는 좀처럼 이런 질문을 하지 않는다.

휴먼스오브서울 활동을 하며 거리에서 만난 사람들에게 "언제 가장 행복하세요?" 질문하면 다들 처음에는 웃는다. 예상 못 한 질문이기 때문이다. 그러곤 생각에 잠긴다. 한 번도 깊게 생각해 보지 못한 부분이기 때문이다. 잠시 후 나오는 대답들은 각양각색이다. 살면서 이룬 가장 큰 성취를 말하는 사람도 있고, 매일 있을 것 같은 일상의 순간을 얘기하는 사람도 있다. 그게 무엇이든 인터뷰어는 귀 기울여 듣는다. 천천히 상대의 삶의 모양을 이해해 나간다.

그런 질문들을 엄마에게 하고 싶었다. 엄마의 삶의 모양이 어떤지 내가 잘 모르고 있다고 생각했기 때문이다. 휴먼스오브서울 팀이 엄마와 했던 인터뷰를 보며 더욱 그렇게 느꼈다. 분명 내가 헤아리지 못한 엄마의 마음이 여기저기에 있을 것 같았다. 내가 이해한 엄마와 이해하지 못한 엄마, 그 사이를 메우고 싶었다. 엄마에게 정식으로 인터뷰 요청을 했다. 그 인터뷰 내용을 그대로 옮겨 본다.

"엄마, 요즘 가장 즐거운 일이 뭐야?"

"시니어 모델로 무대에 설 때. 엄마는 주부로 반평생을 살았잖아. 다 그런 건 아니겠지만 주부들은 느낄 수 있는 감정이 한정돼 있는 경우가 많아. 예를 들어 화려한 드레스를 입고 무대에 서는 기분은 만나기 힘들지. 엄마는 요즘 운 좋게도 런웨이에 설 때마다 그런 순간을 만나고 있잖아. 그게 정말 기뻐."

"구체적으로 어떤 기분이 들어?"

"엄마는 키가 160이 안 되는데 모델들은 원래 다 키가 크잖아. 처음에는 위축됐거든. 아무리 높은 구두를 신고 발버둥 쳐도 다른 모델보다 높이 설 수는 없었으니까. 그런데 모델로서 무대에 서는 순간들이 많아지니까 점점 나만의 장점에 집중할 수 있게 되더라. 엄마는 키가 작은 만큼 당당한 자세로 서기로 했어. 남들보다 높은 자신감을 보여 주자고 결심한 거지. 사람들이 '포스가 넘친다'고 말하더라고. 아무리 해도 작은 키는 극복할 수 없지만 엄마는 내 당당함과 자신감, 포스만 생각해. 그렇게 하면 신기하게 남들도 내 장점을 더 많이 보게 되더라. 그래서 그 순간순간들이 기뻐. 엄마 인생에 그런 시간은 많지 않았으니까."

"그런 시간이 어떤 건지 좀 더 설명해 줄 수 있어?"

"나를 표현하고 표출하는 시간. 내가 누군지 말하고 내 끼를 발휘하는 시간."

"엄마, 그럼 살아오면서 가장 행복했던 순간은 언제야?"

"너 태어났을 때."

"모델로서 박수받을 때보다 더?"

"그럼."

"그런데 내가 속 썩인 일도 많았잖아."

"네가? 아니야. 너는 별로 엄마를 힘들게 하지 않았어. 싸운 걸 세어 봐도 손에 꼽는걸. 네 형하고 트러블이 많았지. 이상하게 형하고는 툭하면 부딪혔어. 오히려 두현이 너에게는 엄마가 무심했던 것 같아서 그게 마음이 아프고 후회되는 부분이야."

"엄마가 무심했다고? 한 번도 그렇게 생각해 본 적
없는데."

"형 떠나고 엄마는 허탈감이 무척 컸어. 너도 알지?
형 뭐든 잘하고 뛰어났던 거. 형 떠났을 때 다들 하늘에서
천사가 부족해서 데려갔을 거라고 했잖아. 그렇게
사랑받는 아들로 키우기 위해서 엄마도 노력을 많이
했거든. 그런데 형이 하루아침에 세상을 떠나고 나니 참
많은 감정이 들었어. 물론 다시는 아들을 보지 못한다는
슬픔이 가장 먼저 온몸을 휘감았지. 그러고는 든 생각이,
형이 공부하랴 뭐 하랴 고생만 하다 떠난 것 같은 거야.
그게 안타까웠고 허무했어. 그 마음이 고스란히 둘째인
너에게 옮겨 갔던 것 같아. 다시는 형한테 쏟은 만큼의
노력이나 애정을 꺼낼 수도, 너에게 줄 수도 없었어. 너무
감사하게도 두현이 너는 훌륭하게 자랐지만 엄마가 더 해
줄 게 많았는데 그렇게 하지 못해서 미안한 마음이 커."

"가장 슬펐던 순간이 있다면 얘기해 줘."

"말 더듬을 안고 사는 널 볼 때가 그랬지. 엄마한테
모든 걸 털어놓지는 않았을 테니 다 알 수 없지만,
감사하게도, 너는 잘 이겨 냈어. 형을 잃고 말 더듬이
생긴 지 얼마 안 됐는데 네가 반장이 됐다고 했을 때
얼마나 고마우면서도 슬펐는지 몰라. 기쁜 일인데 뭐가

슬펐는지는 잘 모르겠어. 그런데 슬펐어. 왜 그런 건지
설명은 잘 못하겠네."

"내가 말 더듬을 잘 이겨내 왔다고 생각해?"

"당연하지. 말 더듬을 가지고 책을 쓸 정도가 됐는데
얼마나 훌륭해. 감격스러운 일이야. 네가 말을 심하게
더듬던 순간, 말 더듬이 나아져서 남들 앞에서 발표를
한 순간, 말이 아닌 글로 네 생각을 풀어냈던 순간. 그런
순간들이 다 기억에 남아. 그리고 그 순간순간들은
시간이 갈수록 네가 회복되고 있다는 걸 보여 주는 것
같았고 더 큰 사람이 되는 과정처럼 보였어."

"엄마는 앞으로 꼭 하고 싶거나 이루고 싶은 일이 뭐야?"

"엄마가 시니어 모델 일에 빠져 산다고 생각하겠지만,
인생의 목표는 따로 있어. 봉사를 꾸준히 하는 거야.
너도 나중에 알게 되겠지만 내 아이의 꿈은 부모에게도
너무 소중해. 형이 의사가 되겠다고, 그리고 아프리카에
가서 의료 봉사를 하겠다고 벅찬 얼굴로 말한 순간, 그
꿈은 엄마의 마음속에도 깊이 자리 잡았어. 형이 세상을
떠나며 남기고 간 게 그 꿈이기 때문에 엄마는 그걸
좇을 수밖에 없는 거야. 두현이 네 꿈은 세상에 따뜻한
이야기를 전하는 거지? 엄마와의 대화도 좋은 이야기가
됐으면 좋겠네……."

작가후기

　　엄마를 인터뷰하고 눈물이 날 뻔했다. 가장 슬픈
순간이 언제였냐고 묻는 질문에 엄마는 형의 사고라고
답하지 않았다. 내 말 더듬을 말하는 엄마의 마음이
무엇인지 나는 여전히 헤아리기 어렵다. 다만 그런
마음으로 사는 엄마에게 이 책이 얼마나 큰 의미일지
조금은 짐작할 수 있었다.

　　이 책에서 내 말 더듬에 관한 이야기를 원없이 했다.
쓰는 내내 내 이야기가 누군가에게 삶을 살아가는 데 힘이
되기를 간절히 바랐다.
　　내 이야기를 책으로 쓸 수 있었던 건 어떤책

출판사에서 나를 궁금해하고 물어봐 줬기 때문이다. 책을 쓰는 긴 시간 동안 계속 어떤 물음들에 대답을 하고 있다고 느꼈다. 처음에 그 물음들은 말더듬이의 삶에 관한 것이었지만, 글을 쓰면 쓸수록 물음이 쪼개지고 쪼개져 내 마음 구석구석에 숨어 있던 이야기들을 끄집어냈다.

이 과정에서 나에 대한 질문이라 하더라도 대답이 쉽지 않다는 걸 깨달았다. 분명 내가 직접 겪은 일인데도 막상 쓰려고 하면 그게 뭔지 잡히지 않을 때가 많았다. 글로 쓰면서 새로 알게 된 것도 많다. 몰랐던 나의 성격이나 욕구, 가치관을 발견하기도 했다. 책을 쓰지 않았다면 모르고 흘려보냈을 것들이다. 앞으로도 좀 더 기꺼운 마음으로 내게 다가오는 질문들에 깊이 고민하고 답하기 위해 애쓸 것이다. 이 과정들이 내 주변 사람들에 대한 관심과 호기심으로 이어질 것이라고 믿는다.

이 책을 쓰는 동안 내 말 더듬은 크게 나아졌다. 그동안 말 더듬이 여러 번 나아졌다가 심해지기를 반복했기에 언제 또 악화될지 알 수 없지만, 말을 무리 없이 해내는 기적의 순간이 전과 비교할 수 없을 만큼 많아졌다. 여전히 종종 말을 더듬거리고, 말 더듬은 나를 설명하는 큰 부분이지만 분명 작아지고 있다.

책 출간을 제안해 준 어떤책 출판사 김정옥 대표님께 감사의 인사를 전한다. 어려움을 안은 아들이 어엿하게 클 수 있게 이끌어 준 아빠, 엄마에게도 고맙다는 말을 남기고 싶다. 지금까지 내 말 더듬을 미소 어린 얼굴로 지켜봐 준 친구들, 내 인생의 궤적을 바꾼 휴먼스오브서울을 시작한 정성균 편집장님과 박기훈 디렉터님, 동료 인터뷰어, 포토그래퍼, 번역팀, 길거리에서 내 질문에 답해 준 모든 인터뷰이들에게도 한없이 감사하다. 그리고 늘 원고를 가장 먼저 읽어 준 아내 지원에게 사랑을 전한다.

끝으로 하늘에서 지켜보고 있을 형에게, 이 모든 이야기들은 형을 생각하며 썼다고, 형이 없어도 이렇게나 멋진 이야기들을 만들어 내며 잘 살고 있으니 걱정 말라고 전하고 싶다.

말 더더더듬는 사람 The Stu-t-tter

ⓒ 정두현, Printed in Korea

1판 1쇄 2025년 4월 25일

지은이 정두현
펴낸이 김정옥
편집 김정옥, 조용범, 눈씨
마케팅 황은진
디자인 위드텍스트
제작 정민문화사
종이 한승지류유통

펴낸곳 도서출판 어떤책
주소 03706 서울시 서대문구 성산로 253-4 402호
전화 02-333-1395
팩스 02-6442-1395
전자우편 acertainbook@naver.com
홈페이지 acertainbook.com
페이스북 www.fb.com/acertainbook
인스타그램 www.instagram.com/acertainbook_official

ISBN 979-11-89385-58-3
* 파본은 구입하신 서점에서 바꾸어 드립니다.

안녕하세요, 어떤책입니다. 여러분의 책 이야기가 궁금합니다.

홈페이지 acertainbook.com
페이스북 www.fb.com/acertainbook
인스타그램 www.instagram.com/acertainbook

점선을 따라 가위로 오려서 보내 주세요. 우표 없이 우체통에 넣으시면 됩니다. ✂

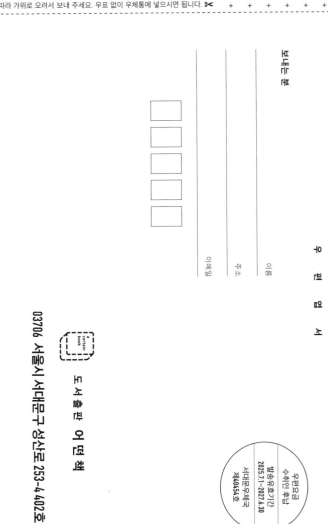

보내는 분

이메일

주소

이름

받 는 사 람

우편요금
수취인 후납
발송유효기간
2025.11~2027.6.30
서대문우체국
제40454호

03706 서울시 서대문구 성산로 253-4 402호

a certain book

도서출판 어떤책

저희 책을 읽어 주셔서 감사합니다. 독자엽서를 보내 주시면 지난 책을 돌아보고 새 책을 기획하는 데 참고하겠습니다.

1. 《말 더더듬는 사람》을

□ 선물받았습니다.   □ 추천받아 구입했습니다.   □ 추천 없이 구입했습니다.   □ 기타: _____

2. 이 책을 선물하거나 추천한 사람은 누구인가요?

□ 친구   □ 가족   □ 선생님   □ 서점 운영자   □ 기타: _____

3. 내가 생각하는 나는 어떤 사람인가요?

① _____

② _____

③ _____

4. 정두현 작가에게 하고 싶은 말씀이 있다면 들려주세요. 당첨자분께 정두현 작가가 담장과 선물을 보내 드립니다.

5. 새 책 출간, 북토크 개최 등 출판사 소식을 이메일로 공유받길 원하시나요?

□ 네, 보내 주세요.   □ 아니요, 원하지 않습니다.

기입해 주신 개인정보는 출판사 소식 공유 외 다른 목적으로 사용되지 않습니다.

점선을 따라 가위로 오려서 보내 주세요. 우표 없이 우체통에 넣으시면 됩니다. ✂